LaJouanie

Direction artistique : Caroline Lainé
Relecture : Brigitte Reynaud
Photo de couverture : iStock - Pgiam ; miroslav-1
CanStockPhoto - Kasto
Cosmo/DR

Dépôt légal : septembre 2021
N° Éditeur : 978-2-37047
N° Imprimeur : 21060631
Imprimé en France par Typolibris

www.editionslajouanie.com

Jean-Baptiste Ferrero est originaire du Sud. De là une très légère tendance à l'excès, une infime propension à l'exagération. Il écrit des romans policiers parce qu'il estime qu'il y a déjà bien assez de fâcheux qui se répandent dans l'autofiction et l'exploration ombilicale. Ses polars sont noirs, très noirs, mais pleins d'humour aussi. Un jour, quand tout le monde sera heureux et que la concorde régnera, il écrira des histoires d'amour. Heureusement, ce n'est pas pour demain…

DU MÊME AUTEUR :

LES AVENTURES DE THOMAS FIERA

Banlieue Est, Éditions Lajouanie
Le fils prodigue, Les éditions du 38
Antithèse, Les éditions du 38
Heureux les élus, Les éditions du 38
Mourir en Août, Les éditions du 38

ROMAN

Animus, Ramsay

NOUVELLES

Le Petit Fiera Illustré, L'Ours Polar
Huit histoires de fantôme, L'Ours Polar

Jean-Baptiste Ferrero

Au nom du père

LaJouanie

À Ernesto.

À tous ceux qui ont rêvé d'une Algérie fraternelle.

En ces jours-là, on ne dira plus : « Les pères ont mangé des raisins verts et ce sont les fils qui ont mal aux dents. »

Chacun mourra pour sa propre faute : tout homme qui mange des raisins verts, c'est lui-même qui aura mal aux dents.

(Jérémie 31.29-30)

1

Le majordome me guida jusqu'au bureau de son boss. Peut-être craignait-il que je fauche l'argenterie ou que je pisse dans les plantes vertes, mais en fait cela m'arrangeait car la baraque était si grande que j'aurais pu m'y perdre et mourir de soif pendant la traversée du salon.

La déco luxueuse et ostentatoire proclamait à la fois la fortune et l'absence de sens esthétique du propriétaire des lieux, dont les choix décoratifs correspondaient à la version friquée du coucher de soleil en canevas. Le moindre bouton de porte, le plus infime bibelot vous agressait l'œil et beuglait : *J'ai du pognon, un goût de chiotte, et je vous emmerde.*

Indépendamment de ces considérations, cela me paraissait plutôt rassurant puisque, si je me trouvais ici, c'était précisément pour soutirer du fric au taulier et non pour débattre de la conception bourgeoise du beau comme marqueur social dans la société post-industrielle.

Après environ trois jours de marche, nous parvînmes dans un bureau légèrement plus petit qu'un aérodrome de province et dont tout un côté, constitué d'une immense baie vitrée, donnait sur une piscine qui aurait pu servir de bassin de radoub au Charles-de-Gaulle.

Un gars d'environ mon âge mais en plus petit et en plus grassouillet arpentait le bord du bassin olympique en gueulant dans son téléphone portable. Si l'interlocuteur faisait partie de son personnel, il avait intérêt à mettre son CV à jour dans les plus brefs délais. Durant ses allées et venues, l'énervé me jeta un coup d'œil dénué de toute forme de curiosité ; un de ces regards censés vous convaincre que votre statut social se situe quelque part entre le lichen et le protozoaire.

Non loin de lui, vautrée sur une chaise longue, une jolie minette vêtue de son seul bronzage essayait de ressembler à un tableau de David Hockney et n'y parvenait absolument pas. Pas suffisamment en tout cas pour, qu'en la regardant, on pense à autre chose qu'à lui mignoter l'abricot.

Le majordome se tourna vers moi et m'offrit une courbette si légère qu'il aurait fallu un outillage électronique des plus sophistiqué pour parvenir à la mesurer. Ça en disait long sur mon degré d'importance dans cet écosystème particulier et sur la mentalité de Judas de ce loufiat.

— Monsieur est à vous dans un instant.

Je le regardai sans ciller et il me gratifia d'un salut un brin plus perceptible : le brave toutou m'avait reconnu comme mâle alpha.

Les mains dans le dos, dans une posture très martiale dont je me plais à penser qu'elle met en valeur mes larges épaules, je me plantai devant la baie vitrée et tâchai de forer un trou dans la tête du maître de maison par la seule puissance de mon regard. Je pus constater, une fois encore et à mon grand regret, que mes yeux ne sont pas équipés de la fonction laser. La vie n'est que déception.

Le maître des lieux ayant fini sa conversation, il balança son Smartphone sur une chaise longue et fit comprendre à sa pin-up, d'un geste méprisant, qu'elle devait décamper. La jeune femme s'étira, rassembla ses petites affaires avec une lenteur bien calculée et traversa la pelouse avec le déhanchement d'une girafe un peu snob et clairement exhibitionniste. En passant près de moi, elle ne m'accorda pas l'aumône d'un regard, mais laissant traîner sa main, elle me caressa la braguette d'un geste sans équivoque.

Daignant enfin se tourner vers moi, son seigneur et maître me fit signe de le rejoindre près de la piscine. Je n'aime pas beaucoup qu'on me siffle, mais je ne pouvais pas – déjà – commencer à me montrer désagréable et j'obtempérai, avec une mauvaise volonté évidente.

Sentant mon état d'esprit, mon peut-être futur client décida de la jouer conviviale et me tendit la main :

— Pierre Hidalgo. Venez ici, nous serons mieux.

— Enchanté. Thomas Fiera.

Il me saisit le coude et m'entraîna vers une desserte offrant un formidable choix. Il y avait là de quoi approvisionner deux ou trois bistrots de bonne taille.

— Désolé de vous avoir fait attendre. Qu'est-ce que je vous sers ?

— Un verre d'eau fraîche.

Il regarda ses bouteilles d'alcool avec l'air un peu perdu d'un garçonnet qui serait déçu qu'on refuse d'essayer son nouveau jouet.

— De l'eau fraîche ? C'est original. Je vais demander qu'on en apporte…

Je l'interrompis d'un geste.

— Laissez tomber. Venons-en au fait. J'ai une journée chargée, et elle commence à peine.

Hidalgo tiqua. Le gars ne devait pas être habitué à ce qu'on lui donne des ordres, même déguisés. Il eut une moue crispée qui le fit ressembler à une carpe boudeuse.

— Comme vous voulez. Passons dans mon bureau. J'ai un dossier que j'ai fait préparer pour vous.

— Je n'ai pas encore accepté votre affaire…

Manifestement, je commençais à le gonfler.

— Pourquoi ? Vous choisissez vos clients ?

— Je choisis les affaires qui m'intéressent et donc, par voie de conséquence, je choisis mes clients. Mes moyens me permettent d'être assez exigeant.

Il encaissa la rebuffade et ne pipa mot.

Nous entrâmes dans la maison et il me conduisit jusqu'à son bureau, derrière lequel l'attendait un luxueux fauteuil en cuir. Il m'invita à m'asseoir, sortit un dossier d'un tiroir et le fit glisser jusqu'à moi. Je ne réagis pas.

— Exposez-moi votre affaire en quelques mots. Si je l'accepte, il sera toujours temps de lire vos documents.

Il se carra dans son fauteuil et me regarda comme si j'étais une nouvelle race de cafard mutant, le genre de truc bizarre qu'on peut regarder avec curiosité au musée mais que l'on ne souhaite pas croiser dans son porridge.

— On m'avait dit le plus grand bien de vous, mais finalement, je ne suis pas sûr de vouloir vous embaucher. Vous êtes prétentieux et franchement antipathique.

Si ce connard pensait que cette nouvelle allait me ravager et que je me traînerais à ses pieds pour quémander son pardon, il pouvait toujours aller se faire masser par un rouleau compresseur. Je me levai donc et lui offris le plus urbain de mes sourires.

— En ce cas, je vous souhaite une bonne journée.

Il se leva précipitamment.

— C'est bon. Ne vous vexez pas ! Vous devez admettre que ce n'est pas banal un fournisseur qui fait le difficile.

— Un fournisseur ? Le tact est une de vos qualités naturelles ou vous prenez des cours ?

J'accompagnai ma pique d'un de mes regards spécial congélation et Hidalgo sursauta, se mettant à bafouiller. Manifestement, ce gars avait un problème avec l'autorité.

— OK ! OK ! Je vous présente mes plus plates excuses ! Voilà ! Vous êtes content ? Asseyez-vous, s'il vous plaît, et parlons tranquillement.

J'étais bien tenté d'envoyer braire ce malotru, mais je m'étais levé tôt et tapé un long trajet jusqu'à cette foutue baraque ; alors autant écouter ce qu'il avait à me proposer avant de prendre la moindre décision. Je me laissai tomber dans le fauteuil.

— Merci ! Vraiment merci ! Parfois je suis vraiment un insupportable connard !

— C'est ce que m'ont dit la plupart des sources auprès desquelles je me suis renseigné sur vous. Elles n'ont cependant pas utilisé le mot « parfois ».

Hidalgo feignit de prendre ça à la rigolade.

— Bien. Je présume que je l'ai cherché. Arrêtons les hostilités, d'accord ?

J'opinai silencieusement.

— Je vous explique mon besoin, vous me donnez votre prix, et on signe un contrat. Ça vous va ?

— Je vous ai déjà expliqué que je n'étais pas sûr de prendre votre affaire, mais bon… Faisons comme ça pour l'instant.

D'un geste, je l'invitai à parler et en retour, il poussa de nouveau vers moi la chemise contenant son foutu dossier.

— Vous trouverez tous les détails là-dedans mais pour faire simple, voilà l'affaire. Mon père est en maison de retraite dans le sud de l'Espagne. Il est très âgé : quatre-vingt-huit ans. Enfin… quatre-vingt-sept. Son anniversaire est dans un mois.

Il s'interrompit soudain et me regarda nerveusement, comme s'il craignait que je lui retourne une avoine. Je lui souris benoîtement et il reprit son laïus.

— Cela fait presque dix ans qu'il est là-bas. Tout se passait bien. Mais depuis quelques mois, il présente des signes d'Alzheimer, et l'établissement n'a ni le personnel ni l'équipement adapté à cette maladie. J'ai donc décidé de le rapatrier en France. Voilà. Je vous demande d'aller le chercher et de le conduire à la clinique dont l'adresse est indiquée dans le dossier. C'est à Nice.

Il y eut un interminable silence. Un ange passa et on aurait eu le temps de lui compter les plumes du cul avant que je me penche lentement au-dessus du bureau qui, fort heureusement pour lui, me séparait de Pierre Hidalgo.

— Vous vous foutez de ma gueule ?

Le gars bafouilla. Décidément, c'était un bafouilleur.

— Mais non, je… Enfin, je comprends que cela paraisse inhabituel, mais je…

— Inhabituel ? Le patron d'une des boîtes informatiques les plus florissantes du pays – vous – fait appel à un enquêteur spécialisé en intelligence économique – moi – pour lui proposer une affaire, et au lieu d'une enquête sur de l'espionnage industriel ou du délit d'initié, vous me proposez de torcher les vieilles fesses flétries de votre vieux dément de père ? Vous me prenez pour un garde-malade ?

— Mais c'est que…

— Mais quoi ? Qui a pu vous mettre une idée aussi ridicule dans la tête ?

— On m'avait dit le plus grand bien de vous !

— On vous a dit que j'étais papy-sitter ou gérontophile ?

— Non, mais…

— Alors de deux choses l'une : soit vous êtes fou à lier, soit vous m'avez confondu avec un de vos larbins…

— Je vous assure que…

— Bien sûr, il y a une troisième possibilité : vous me cachez quelque chose. Quelque chose qui justifierait que vous vouliez me confier le boulot que n'importe quel infirmier serait en mesure d'accomplir.

Finalement piqué par mon ton irrespectueux, Hidalgo se leva, le teint blême et les lèvres serrées.

— Je ne vous cache rien. Je suis un homme très riche et je voulais seulement assurer la sécurité de mon père.

— Et vous n'avez pas de service de sécurité dans votre boîte ? Et puis, pourquoi n'allez-vous pas le chercher vous-même ? C'est votre père après tout !

Il se ferma.

— Cela ne vous regarde pas.

Je ricanai, goguenard.

— Je vois. Fiston est fâché avec papounet.

Il piqua un fard et, faisant le tour de son bureau, il vint se planter en face de moi, petit coq monté sur ses ergots.

— Je ne sais pas ce qui me retient de…

Je me levai. Je devais bien mesurer vingt centimètres de plus que lui et je le toisai de toute ma hauteur.

— Vraiment ? Vous ne savez pas ? Merci de trouver un autre pigeon. Je vous enverrai une facture pour le dérangement.

Je le poussai sans ménagement particulier et il faillit tomber, se rattrapant de justesse au rebord de son bureau. Je m'apprêtai à quitter la pièce, quand sa voix retentit dans mon dos.

— C'était une ordure. Un salaud. Un vrai tyran. Il a fait mourir ma mère de chagrin. Il nous a traités comme des merdes, mes frères et moi.

L'enfoiré ! Sous mes dehors de gros dur, il avait dû flairer la midinette au cœur tendre et avait décidé de me jouer *Les deux orphelines* ! Je me retournai. Il s'expliqua :

— Je suis parti de chez moi dès que j'ai pu, je me suis bagarré et je suis devenu le richissime connard que vous méprisez. Je ne lui dois rien. J'ai aidé toute ma famille. J'ai fait ce qu'il n'avait jamais fait pour nous.

— Et malgré tout, vous vous occupez de lui ?

— Je ne lui ai plus adressé la parole depuis au moins vingt ans. C'est presque une revanche pour moi de lui venir en aide.

— Et qu'en pensent vos frères ?

— Mes frères ont cessé de penser il y a très longtemps. Ce sont des faibles. Ils lui ont pardonné. Ce sont eux qui m'ont dit qu'il était dans la dèche il y a dix ans.

— Et vous lui avez payé une luxueuse maison de retraite en Andalousie, mais vous ne lui parlez pas ? C'est ça ?

— C'est ça. Vous savez ce que c'est... Les relations père-fils... Vous êtes d'origine espagnole, vous aussi, non ?

Je hochai la tête et nous nous regardâmes en silence, unis par un savoir commun que les mots ne pourraient jamais expliquer. Je revins à pas lents vers son bureau : avec son mélo à la noix, cet abruti m'avait ému.

— Mais pourquoi faire appel à moi pour ce travail ? C'est absurde ! Je ne suis pas qualifié.

— Je ne veux pas que tout cela s'ébruite et je connais votre réputation. Vous êtes discret. Pas très orthodoxe, mais discret.

— Je comprends mieux maintenant. Mais ma réponse est toujours la même : non. Même si vous doubliez mon tarif, je...

— Je vous paye quinze fois votre prix habituel. Pour une journée de travail. Cela vous convient ou bien allez-vous encore me sortir une de vos excuses foireuses ?

— Je vous ai dit que...

À ce moment, la proposition d'Hidalgo parvint, avec un léger temps de retard, à ma faible conscience, si honteusement sensible à la tentation.

— Vous pouvez répéter ?

— Allons, faisons les choses bien. Cinquante mille euros pour une journée de boulot. Vous récupérez mon père à Séville, vous prenez l'avion jusqu'à Nice, vous revenez ici me rendre compte et vous touchez trois ans de SMIC pour quelques heures de travail. Cela vous convient ?

Cette affaire puait comme une paire de roustons de bouc, mais comment résister à une offre aussi alléchante ? Cela paraissait si simple !

— Je dois tuer quelqu'un pour ce prix-là ?

Hidalgo se mit à rire.

— Je vous demande juste de vous occuper de ce vieux salopard pendant une journée. Rien de plus.

— Rien de plus ?

— Rien de plus !

J'ai rarement entendu une affirmation devant se révéler aussi tragiquement fausse, mais naturellement, à ce moment-là, je ne le savais pas encore.

2

Voulant savourer le luxe apaisant du magnifique patio qui abrite la salle à manger de l'Hôtel Alphonse-XIII, j'avais fait traîner mon petit déjeuner et me trouvais, de ce fait, légèrement à la bourre.

Je ne suis pas un fan des cinq-étoiles qui ne sont, la plupart du temps, que des auberges pleines de frime où l'on essaye de vous faire croire que chier dans du marbre donnera à vos crottes matutinales le parfum de la rose. Mais il existe encore quelques vrais palaces, des lieux un peu magiques, souvent intemporels, où, en fermant les yeux, on parvient presque à entendre le froufrou des robes à crinolines et à sentir de vieux parfums depuis longtemps évaporés. L'Alphonse-XIII en fait partie, et c'est toujours là que je descends quand je viens à Séville rendre visite à mon fils et à sa ravissante épouse.*[1]

Mon présent séjour ne souffrant aucune digression familiale, je m'étais contenté de leur passer un coup de fil, leur promettant de revenir bientôt et les enjoignant de venir visiter Paris.

Ayant finalement réglé ma note dont le montant aurait suffi à éponger la dette extérieure du Zimbabwe, je sortis sur le perron où j'attendis que le voiturier conduise jusqu'à moi l'énorme paquebot

---

[1] *Les astérisques (*) renvoient aux premières aventures de Thomas Fiera.*

automobile que j'avais loué la veille au soir, en arrivant à l'aéroport.

Le montant des honoraires que m'avait versés Pierre Hidalgo était tellement indécent qu'il me paraissait assez logique et presque moralement impératif de claquer ce fric de façon extravagante, ce qui était ma façon de répondre à l'absurde par l'absurde.

Je récupérai finalement ma caisse et après avoir quitté la ville et traversé sa banlieue, je roulai à travers la campagne andalouse, doucement vallonnée et offrant jusqu'à l'horizon une indigestion d'oliviers. Les arbres, secs, torturés, d'aspect presque minéral tant ils apparaissaient solides et increvables, illustraient à merveille le tempérament espagnol où, à chaque seconde, la vitalité la plus débridée le dispute à un solide instinct de mort.

Vingt minutes plus tard, je pris sur la droite une petite route en lacet qui grimpait laborieusement sur le dos d'une colline et qui me conduisit jusqu'à une grille encadrée de hauts murs blanchis à la chaux, lesquels, de loin en loin, supportaient des miradors où je pus distinguer des gardes armés. Un vigile, sorti d'une guérite vitrée accolée à la grille, vint me demander, à la vitesse d'une limace au galop, ce que je voulais. Il avait une tronche vérolée de bandit mexicain et aurait fait fortune à l'époque où Sergio Leone tournait ses westerns-spaghettis dans la région. Même l'uniforme d'opérette, qui pendait sur ses épaules comme un sac à patates, ne parvenait pas à lui donner ce léger vernis de respectabilité qu'on attend de ce genre de cerbère.

— Vous voulez quoi ? me lança-t-il dans une variété locale de castillan qui paraissait avoir passé la langue de Cervantès au mixeur.

— J'ai rendez-vous avec madame Aguilera, votre directrice.

Si j'espérais impressionner le gardien en évoquant le nom de sa patronne, j'en fus pour mes frais et il continua de se mouvoir avec la lenteur rêveuse d'une créature des abysses, mettant environ deux jours à ouvrir la grille et encore, juste assez pour que je puisse y glisser ma caisse sans rayer les portières.

Si la campagne environnante avait été un rien barbante, le jardin que je traversai était en revanche un émerveillement pour les yeux et un rafraîchissement pour l'âme. Comme dans un poème de Baudelaire, les couleurs et les parfums se répondaient en de secrètes correspondances et toute cette apaisante poésie végétale n'était pas de trop pour faire oublier les quantités d'eau astronomiques qui devaient être nécessaires, dans une région aussi aride, à l'entretien de cette ravissante oasis.

Enchâssé dans cette profusion de verdure, l'extravagant palais mauresque auquel conduisait l'allée principale accentuait l'impression d'avoir voyagé dans le temps et l'espace vers un royaume barbaresque, et je n'aurais pas été plus surpris que ça d'être accueilli sur le perron par un gros eunuque au torse huilé. Au lieu de quoi, ce fut une matrone courte sur pattes et violemment moustachue qui, boudinée dans une blouse blanche amidonnée au béton, vint se planter devant moi quand je descendis de voiture.

Pour une raison que je ne connaîtrais jamais, elle me lança un regard plein de haine et serra si fort les mâchoires que je pus entendre grincer ses molaires. Je renonçai à gaspiller un sourire pour cette gorgone et lui demandai à voir la *señora* Aguilera. Elle grinça de plus belle et pivotant sur ses talons plats, s'engouffra dans la bienfaisante fraîcheur du palais.

Quoiqu'à peine plus haute qu'une valise à roulettes et guère plus glamour, elle tricotait si fort de ses petites jambes torses qu'il me fallut étendre le pas pour ne pas me laisser semer. Cela ne m'empêcha pas d'admirer la décoration intérieure de cette demeure qui parvenait à marier la douceur orientale à l'austérité espagnole. Le luxe, sans ostentation, en était inouï et je me dis que Pierre Hidalgo, même fâché avec son père, n'avait pas mégoté sur la qualité de son lieu de vie.

Était-ce une preuve d'amour inavoué ou au contraire une façon de lancer à la figure de son géniteur une réussite à laquelle il ne devait rien ? C'était bien difficile à dire et pour être sincère, je m'en tamponnais éperdument. Comprendre les affres psychologiques et les œdipes tourmentés des patrons du CAC 40 ne figure pas au nombre de mes priorités et je me réjouissais seulement de pouvoir visiter un palais aussi enchanteur plutôt qu'un mouroir parfumé au jus de couche.

Mais toute cette beauté et tout ce luxe ne parvenaient pas à masquer le caractère sinistre de cette maison qui, tout bien considéré, n'était jamais qu'un genre de hangar à croulants. Ceux-ci étaient discrètement omniprésents et, tels des spectres mélancoliques, arpentaient les pièces en silence, âmes en peine à la recherche du talisman qui les libérerait de leur fardeau.

Riches ou miséreux, ingambes ou impotents, la plupart des vieux, quand la solitude les frappe, ne sont plus rien d'autre que cela : des vieux. On ne connaît plus leur nom, on ne voit plus leur beauté, on ne touche plus leur peau avec émotion. Qui se souvient du goût de leurs baisers ? Du courage de leurs actions ? De la force de leurs bras ou de l'insolence de leurs seins ? Les millions de secondes qui ont modelé leurs vies ont été froissées en une misérable petite boulette et se résument en ce triste adjectif : vieux !

La naine moustachue me conduisit jusqu'à une porte qu'elle toqua d'un index impérieux avant de l'ouvrir sans attendre de réponse. Elle me fit comprendre, d'un geste à peine poli, que je pouvais entrer et à mon grand soulagement, alla promener sa sale gueule et ses mauvaises manières dans une autre partie du monde.

Je pénétrai donc dans la pièce – un impressionnant bureau que n'auraient pas désavoué des patrons de multinationales – et me trouvai face à une femme d'une beauté stupéfiante. La quarantaine altière, elle arborait une crinière aile de corbeau encadrant un visage très pâle qu'illuminaient des yeux turquoise. Comme beaucoup d'Andalouses, elle se tenait très droite, aussi avenante qu'une grille de square, mais exsudait néanmoins une sensualité à vous décongeler la banquise.

Un discret sourire anima ses lèvres et elle s'avança, me tendant une main délicate, vierge de tout bijou. Elle me parla en français et son délicieux accent m'émut davantage que je ne l'aurais souhaité.

— Monsieur Fiera ! Je vous attendais. Monsieur Hidalgo m'a prévenue hier de votre arrivée. Enchantée. Manuela Aguilera.

Retenant sa main quelques fractions de secondes de plus que ne l'autorisaient les usages, je lui offris mon sourire 32 b, celui qui, dans de bonnes conditions, peut provoquer des éclipses partielles du soleil et fait des ravages dans les thés dansants.

— Pareillement. Nous pouvons parler espagnol si vous préférez.

— C'est gentil. Mais j'ai peu l'occasion de pratiquer mon français et cela me fait un peu d'entraînement.

Je lui aurais volontiers fait remarquer que j'étais tout à fait disposé à contribuer, de toutes les façons possibles, à son entraînement, mais sans doute l'aurait-elle mal pris et je fermai ma boîte à gaffes.

D'un geste plein de grâce, elle me désigna un fauteuil.

— Asseyez-vous. Les documents sont prêts et vous pourrez partir avec monsieur Hidalgo dès que vous le souhaiterez.

— Parfait. Juste une question avant cela.

— Je vous en prie.

J'avais un peu honte de la question que j'allais poser, mais il me fallait néanmoins avoir une réponse.

— Il est vraiment très atteint ?

— Il est encore possible de communiquer avec lui, si c'est ce qui vous inquiète. Mais il ne sait pas toujours qui il est et il a des absences en ce qui concerne sa famille et les vingt dernières années. Il parle souvent de choses anciennes et incompréhensibles.

— Pas de crises de colère ou d'angoisse ?

La directrice battit des cils et me lança un sourire de faux-derche qui aurait pu concourir pour la palme de l'hypocrisie.

— Pour être honnête, ça a pu arriver. Mais très rarement. Et c'est pour cela que j'ai dû demander à son fils de prévoir d'autres dispositions avant que cela devienne plus fréquent. Comme il vous l'a sans doute expliqué, nous ne sommes pas équipés pour prendre en charge ce type de pathologie.

— Par contre, j'ai vu que vous étiez équipés pour soutenir un siège.

Elle eut un petit rire délicat et un brin flagorneur qu'elle dissimula derrière une longue main délicate dont j'eus plaisir à imaginer les ongles acérés et vernis en rouge vif me griffer doucement les reins. Essayez de rester concentré après ça !

— Nos résidents appartiennent aux plus grandes fortunes du royaume. Nous avons mis en place ces mesures de protection à l'époque du terrorisme et nous les maintenons par précaution. Cela rassure beaucoup les familles.

Il y eut un de ces petits silences qui, entre deux bipèdes de sexes opposés, peuvent signifier qu'une tornade érotique est sur le point de s'abattre sur le pays ou, tout au contraire, que seul le hasard les a réunis, qu'ils n'ont rien à se dire, aucun plaisir réel à partager la même atmosphère et qu'à tout prendre, ils préféreraient subir l'ablation d'un rein plutôt que d'envisager, même fugitivement, la moindre péripétie à caractère vaguement sexuel.

Je toussotai.

— Si tout est en règle, alors…

— Je vais vous conduire à la chambre de monsieur Joseph Hidalgo.

— Excellente idée. Conduisez-moi à la chambre.

La mère Aguilera me cornaqua à travers une nouvelle palanquée de couloirs et chemin faisant, se crut obligée de me prodiguer quelques menus conseils, ayant sans doute détecté chez moi une faible appétence pour la gent subclaquante.

— À cet âge-là, un rien les perturbe. Nous l'avons préparé à ce déménagement mais il est un peu inquiet. Je lui ai dit que vous étiez un ami de son fils et que vous alliez le conduire dans un lieu de vacances familial.

— Ce n'est pas beau de mentir aux vieux.

Elle sursauta aussi fort que si je lui avais tirlipoté le fondement.

— Ce n'est pas un mensonge ! Enfin si ! Mais pour son bien !

— Si vous le dites !

Nous arrivâmes devant une porte en bois sombre percée d'un oculus en forme de cœur. Ça se voulait mignon, mais ça évoquait quand même furieusement la porte d'une cellule.

— Monsieur Fiera, je vous prierai d'être très calme et très bienveillant avec le *señor* Hidalgo.

— Je n'avais pas prévu de danser la zarzuela ou de le gifler, donc vous pouvez être tranquille. Je serai un ange.

Elle poussa la porte et nous entrâmes. Un vieillard habillé de pied en cap, une valise et un sac de voyage posés près de lui, était assis sur le lit. Il ressemblait à un très vieux petit garçon. Un très vieux petit garçon boudeur et pas franchement sympathique.

Une infirmière était debout près de lui. Presque aussi haute qu'un petit immeuble, ses bras musculeux croisés sur la poitrine, elle ressemblait à un catcheur qui vient de massacrer son adversaire et attend qu'on lui envoie le suivant.

La bouche en sphincter de galline, la directrice se mit à roucouler en espagnol.

— *Señor* Hidalgo. Je vous amène un ami.

Le vieux me balança par en dessous un regard méfiant et dédaigneux.

— Connais pas ! Jamais vu ! Il a une sale gueule !

— C'est un ami de votre fils Pierre. Je vous en ai parlé. Il va vous emmener à Nice, en vacances.

— Un ami de mon fils ? Ce petit con a des amis ? Ils ont de la chance ! Moi, il ne vient jamais me voir !

L'ancêtre devait être coutumier de cette plainte car avec un bel ensemble, la directrice et l'infirmière répondirent en chœur :

— Allons ! *Señor* Hidalgo ! Vous savez bien qu'il est très occupé !

— C'est juste un petit con !

Je me penchai vers lui et lui tapotai le genou :

— Parfois, même les petits cons s'améliorent. On y va ?

Il désigna l'infirmière et se mit à me parler en français avec un accent pied-noir qui frisait la caricature.

— Cette grosse salope n'a pas voulu que j'emmène toutes mes photos.

— Je suis sûr qu'elle vous les fera parvenir très bientôt.

— C'est une grosse salope quand même. On dirait un éléphant.

Finalement ce ronchon commençait à me plaire, sans doute parce qu'il me donnait une vague idée du genre de vieillard que je pourrais bien devenir.

Je me tournai vers l'infirmière, la détaillai des pieds à la tête et revins vers le *señor* Hidalgo.

— Je crois que vous avez raison. Vous ne la verrez plus et c'est tant mieux. Là où nous allons, il y aura d'autres grosses salopes, mais plus jeunes et plus belles.

L'infirmière, qui contre toute attente devait comprendre le français, sursauta légèrement, provoquant une onde sismique qui dut être perçue jusque dans les Asturies. La directrice, quant à elle, fronça le nez, comme si elle avait senti une mauvaise odeur.

— On y va, monsieur Hidalgo ? Nous ne devons pas nous mettre en retard.

Il haussa les épaules et je l'aidai à se lever. De l'autre main, je saisis sa valise.

Comme je le regardais, attendant qu'il se décide à bouger, son regard devint flottant, ses yeux se transformant en deux miroirs sans tain derrière lesquels on ne pouvait plus rien distinguer. Il prit la parole, hésitant, presque timide.

— Tu es mon fils ?

Je ne saurais dire à quel point cette simple question me bouleversa.

— Non. Juste un ami. Je m'appelle Thomas Fiera.

Hidalgo me saisit le bras avec une force surprenante et m'obligeant à me tourner vers lui, il me regarda fixement, semblant réfléchir. Quand il parla, ce fut d'une voix lointaine et le regard comme tourné vers l'intérieur de lui-même.

— J'ai connu un Fiera. Mais je ne sais plus qui c'est… C'est… C'est flou.

Il se mit à pleurnicher et je lui tapotai le bras, parlant très doucement, comme on parle à un enfant.

— Allons, tout ira bien. On va se promener, faire un beau voyage. Cela va vous faire du bien.

Instantanément, le vieillard devint tout guilleret, comme si on avait appuyé sur un interrupteur.

— On va pique-niquer à Arzew ?[2]

— Non. Pas aujourd'hui. Nous sommes trop loin d'Oran. On va plutôt aller à Nice et on pique-niquera là-bas. D'accord ?

Il eut un grand sourire de gosse.

— D'accord. On va pique-niquer et après on ira voir les grosses salopes.

Finalement, il prit mon bras et nous déplaçant à la vitesse d'un continent à la dérive, nous traversâmes le bâtiment pour rejoindre le parking. J'avais laissé les bagages à la directrice et à son infirmière qui se les coltinaient en trottinant derrière nous.

Nous arrivâmes devant ma voiture et notre escorte déposa la valise et le sac de voyage à mes pieds. La directrice s'avança jusqu'à moi.

— Tous les documents officiels, passeport, livret médical sont dans le sac de voyage. La valise contient quelques vêtements. L'ensemble de ses affaires est déjà parti et vous attendra à Nice.

Je lui adressai un sourire un rien goguenard.

— Vous étiez vraiment pressée de le voir partir. Vous aviez déjà reloué sa chambre ?

---

[2] *Ville d'Algérie située non loin d'Oran.*

La directrice me tourna le dos et sans un mot, escortée par son infirmière, nous planta là. Joseph Hidalgo et moi les regardâmes s'éloigner, chacun d'entre nous perdu dans le labyrinthe de ses pensées intimes.

Le vieillard mit ses mains en porte-voix et gueula puissamment :

— *Concha tu madre ! Hija de la granputa !* [3]

Décidément, ce vieux débris acariâtre me plaisait de plus en plus et c'est mort de rire que je l'aidai à monter dans la bagnole.

— Allez, en voiture ! Foutons le camp avant que la directrice ne nous fasse enfermer dans la cave.

J'attachai sa ceinture de sécurité dont je vérifiai la bonne tenue et remis même en place le revers de son veston, que la lanière avait un peu froissé. Il me sourit gentiment et mon cœur se serra un instant.

Je suis comme ça : les enfants, les vieillards et les bébés animaux m'attendrissent au-delà du raisonnable. Un attendrissement toujours teinté de déprime car il y a dans la fragilité des uns et des autres comme une métaphore de notre universelle mortalité. À peine nés et déjà mourants, grignotés jour après jour, diminués sans pitié comme le sable du sablier.

Pour ceux auxquels ça aurait échappé, je ne suis pas le prototype du mec joyeux et légèrement insouciant. Même pas un brouillon raté. Plutôt son antithèse, en fait.

Bref.

---

[3] *Insultes espagnoles fréquentes mais qui ne gagnent rien à être traduites littéralement.*

Après avoir quitté la maison de retraite, nous nous retrouvâmes dans la monotone campagne andalouse, empruntant de petites routes afin de rejoindre l'autoroute qui nous conduirait vers l'aéroport. Nous étions silencieux mais je sentis que le père de mon client commençait à s'agiter nerveusement. Je me tournai vers lui et lui parlai en français.

— Ça va ?

— On va où ? répondit-il d'une voix altérée.

— Nous allons à l'aéroport. Nous prenons le vol pour Paris puis une correspondance pour Nice. Il n'y a pas de vol direct depuis Séville. C'est un peu bizarre comme trajet mais…

— Mais pourquoi ?

— Pourquoi, quoi ?

— Pourquoi prend-on l'avion ?

— Vous ne vous souvenez plus ?

Le vieillard sembla vaciller et prit sa tête dans ses mains.

— Je… Je suis fatigué. Je… J'ai besoin d'aller me reposer…

— Vous vous reposerez dans l'avion. Ne vous inquiétez pas. Tout ira bien.

— Je me demande… si je ne perds pas la boule…

J'avais autant besoin d'un vieillard saisi d'une crise de panique que d'une troisième couille qui chante *La Marseillaise*, aussi, je m'essayai à l'humour.

— Moi aussi, je me pose cette question-là parfois.

— Et ?

— Et après, j'oublie la réponse.

Je ris de façon un peu forcée à ma piètre blague mais c'était sans importance puisque manifestement, mon passager était déjà passé à autre chose, arborant un grand sourire soulagé.

— Ça y est ! Ça me revient ! Je pars voir mon fils. Vous voyez que je ne suis pas complètement neuneu !

Nous échangeâmes un sourire complice et, rassuré sur l'état du vieillard, je pus me concentrer sur la conduite, me contentant de jeter, de temps à autre, un coup d'œil au *señor* Hidalgo qui, les yeux écarquillés, semblait prendre plaisir à la balade.

Quarante-cinq minutes plus tard, nous arrivâmes à l'aéroport et après avoir garé le véhicule de location à l'endroit prescrit, j'allai remettre la pochette contenant les clés et le contrat à un guichet, où un employé maussade me manifesta autant d'intérêt qu'à une capote usagée.

— Vous ne vérifiez pas le véhicule ?

Il eut un geste vague et haussa les épaules.

— Je suis sûr que tout est OK. Tout est OK, n'est-ce pas ?

Il me regarda avec, étalée sur le visage, une espèce d'arrogance imbécile qui, depuis sa plus tendre enfance, devait lui attirer des claques plus souvent qu'à son tour. Sans même attendre ma réponse, il sortit de son tiroir un sac en papier dont il tira une bouteille d'eau et un sandwich débordant de soubressade.[4] Je résistai à l'envie de lui en retourner une et j'acquiesçai mollement.

— En effet. Tout est OK.

---

[4] *Genre de saucisse originaire de Majorque, très moelleuse et très épicée.*

Je saisis les bagages de Joseph Hidalgo et escorté par ce dernier qui me suivait en trottinant, je me dirigeai vers les guichets d'enregistrement situés non loin de là.

Il régnait un bordel absolument indescriptible autour des guichets et des banques d'accueil. Tout ce qui pouvait ressembler, même vaguement, à du personnel non navigant était assailli par des hordes de voyageurs excédés et vociférant dans des langues variées.

On se serait cru à l'inauguration de la tour de Babel après que les invités se sont rendu compte qu'il n'y aurait pas assez de petits-fours et qu'en plus les serveurs causaient en araméen.

En jetant un œil sur les panneaux d'affichage annonçant les horaires des prochains vols, je compris la raison de cette effervescence : tous les vols en partance étaient annulés. Tous ! Ça commençait à sentir mauvais !

Inquiet, Joseph me prit la main, comme un enfant affolé à l'idée d'être perdu dans la foule. Il jetait autour de lui des regards de bête traquée. Il faut dire que passer dix ans cloîtré dans le luxueux palais de la mère Aguilera ne constituait pas le meilleur entraînement pour affronter sereinement un hall d'aéroport transformé en hôpital de jour psychiatrique.

Je l'emmenai à l'écart et le fis asseoir au milieu d'une rangée de fauteuils qui était un peu isolée du capharnaüm par quelques plantes vertes offrant un semblant de camouflage.

— Monsieur Hidalgo, vous allez rester tranquillement assis et veiller sur les bagages. Je vais me renseigner et je reviens.

Je ne m'étais pas éloigné de trois mètres que j'entendis dans mon dos le bruit caractéristique d'une valise à roulettes. Je me retournai pour le découvrir qui marchait derrière moi en tirant son foutu bagage.

— Je vous avais dit de rester là-bas !

— Vous allez m'abandonner. J'ai vu ça à la télé. Les gens abandonnent leurs parents âgés dans les gares ou sur les autoroutes. Comme si c'étaient de vieux chiens.

— Mais je ne vais pas vous abandonner ! J'ai promis à votre fils de vous conduire à Nice. Pourquoi je vous abandonnerais ?

Il réfléchit à ma question.

— Parce que vous n'aimez pas les vieux ?

— Mais j'adore les vieux ! J'en ai toute une collection à la maison. Des petits, des gros, des en couleurs !

— Vous racontez n'importe quoi !

Je le pris par le bras avec une douceur toute relative et le ramenai *manu militari* à son fauteuil et à ses plantes vertes.

— Vous restez là et vous n'en bougez pas. OK ?

Très digne et arborant une moue méprisante qui le faisait ressembler à un vieux bouc lippu, Hidalgo s'assit et regarda droit devant lui.

Vérifiant qu'il ne me suivait pas, je me précipitai vers les guichets et abusant honteusement de ma haute taille et de ma masse imposante, je me frayai sans ménagement un chemin au milieu des voyageurs énervés.

J'interpellai une hôtesse qui paraissait être au bord de la crise de nerfs. Du mauvais côté du bord pour être précis.

— Bonjour, Mademoiselle. Que se passe-t-il ?

— Tous les vols sont annulés…

— Oui, ça, j'ai compris. Mais pourquoi ? Et pour combien de temps ?

La jeune femme me regarda en roulant des yeux hagards.

— Ne paniquez pas… restez calme… Tout est sous contrôle…

— Je suis très calme. Je voudrais juste une réponse à ma question : quand les vols reprennent-ils ?

Un petit gros qui puait la sueur me bouscula violemment et attrapant le bras de l'hôtesse, commença à lui hurler dessus en allemand. Je ne cause pas le teuton mais j'entendis le mot Stuttgart et en conclus que le mini-Germain devait véhiculer sa graisse dans cette riante station balnéaire. Mais d'une part, je n'avais rien à secouer des projets migratoires de cet Ostrogoth miniaturisé et d'autre part, je déteste que l'on me bouscule, surtout quand c'est pour maltraiter une pauvre jeune femme déboussolée. Je profitai donc de la cohue pour lui faire en douce une de ces prises un peu vicieuses qui détournent soudain votre esprit des choses de ce monde : rien de tel qu'un bon écrasement des testicules pour favoriser l'introspection et provoquer une salutaire réévaluation de ses priorités.

Le gars couina, pâlit et s'effondra sur le sol.

Je revins vers l'hôtesse qui me regarda et fondit en larmes. Je me penchai par-dessus le guichet et lui demandai aussi doucement que possible :

— C'est si grave que ça ?

Elle se pencha à son tour et me murmura à l'oreille.

— Le Vésuve a explosé. C'est horrible. Tout est détruit. Naples est en feu. Plus un avion ne peut voler… Les cendres…

Elle se remit à sangloter et ne cherchant pas à en savoir plus, je me dégageai de la cohue en distribuant quelques gnons et me mis à courir vers l'endroit où j'avais laissé Joseph. Je n'avais sans doute que quelques minutes d'avance avant que la nouvelle ne se propage et transforme définitivement cet aéroport en un pandémonium hors de contrôle.

J'attrapai Joseph d'une main, les bagages de l'autre et les traînant derrière moi, je me précipitai vers le guichet où, peu de temps auparavant, j'avais laissé les clés de mon véhicule de location.

— Je peux pas courir, haleta le vieillard.

— M'en fous ! Il faut récupérer la bagnole !

— Mais enfin arrêtez !

— Taisez-vous et courez !

Il est probable qu'une hôtesse plus aguerrie avait fini par remplacer son émotive collègue car après un crachotement électrostatique, on entendit une voix douce et modulée faire une annonce au micro.

— Mesdames, Messieurs. Suite à une éruption très violente du Vésuve, tous les vols partant ou arrivant sur le sud de l'Europe sont annulés pour une durée indéterminée.

Le message ayant été délivré avec cette même suavité érotico-gnangnan qu'utilisent les hôtesses de l'air du monde entier pour vous demander d'attacher votre ceinture ou vous informer que votre avion va s'écraser, il fallut quelques secondes avant que sa signification réelle n'atteigne les aires de Broca des aspirants voyageurs comprenant l'espagnol.

Quand ce fut chose faite, il y eut dans la foule comme une stase, une suspension très brève de toute activité, suivie d'une terrifiante conflagration comportementale qui transforma cette foule, déjà passablement excitée, en une horde littéralement hystérique, animale et prête au meurtre, au lynchage, à l'émeute.

J'arrivai au guichet où j'avais laissé les clés du véhicule et y trouvai le même employé maussade qui, les lèvres maculées de sauce, me regarda arriver, sans cesser de mastiquer son sandwich. Dire qu'il eut l'air heureux de me voir ou même vaguement intéressé aurait constitué une hyperbole de force sept.

— Re-bonjour ! J'ai changé d'avis ! Je garde la voiture.

Il mâcha lentement sa bouchée, déglutit avec de grandes précautions hypocondriaques et finit par me répondre.

— Ah ! C'est que ce n'est pas possible !

— Et pourquoi ?

Avant de satisfaire ma curiosité, il enfourna une nouvelle bouchée qu'il mâcha encore plus lentement, comme s'il voulait la soumettre à un examen scientifique minutieux dont dépendait l'avenir de la charcuterie espagnole.

— C'est contraire au règlement. Il faut refaire un contrat, faire un état des lieux du véhicule et…

Je me penchai par-dessus le comptoir et l'attrapant par sa cravate, le soulevai de son siège et l'amenai à deux doigts de mon visage, le sien étant passablement cramoisi.

— Tu me files les clés qui sont là, dans ton tiroir et tu régulariseras ta paperasserie quand bon te semblera ou bien je te fais bouffer ton sandwich par le cul. Je suis assez clair ?

Il couina ce que je devinai être un assentiment et je le relâchai. Tout en reprenant son souffle, il ouvrit un tiroir et y pêcha les clés de la bagnole et le dossier de location. Je lui raflai le tout sans un remerciement. L'amateur de charcutaille attendit prudemment que je me sois éloigné du guichet pour me lancer d'une voix chargée de venin et de soubressade :

— Vous êtes fou…

Je lui désignai la foule qui accourait vers sa petite échoppe avec la puissance dévastatrice d'une marée d'équinoxe.

— Moi non, mais eux oui ! Bonne chance !

Me désintéressant de son sort, je pris le *señor* Hidalgo sous un bras et nos valises sous l'autre et filai vers le parking pour récupérer notre bagnole. Je ne fus rassuré qu'après avoir mis deux kilomètres entre nous et l'aéroport. Ce n'est qu'à ce moment que me détendant un peu, je réalisai l'extrême agitation de mon passager qui ne cessait de regarder autour de lui d'un air inquiet.

— Où allons-nous ? Nous ne prenons plus l'avion ? Je veux aller voir mon fils !

— Vous irez ! Mais pour l'instant il faut nous tirer de ce merdier et essayer de trouver un plan B.

Il ne me prêtait aucune attention et commença à essayer d'ouvrir la portière. À plus de cent kilomètres à l'heure, ça risquait de lui faire tout drôle.

— Laissez-moi descendre ! Je dois aller prendre l'avion !

— Il n'y a plus d'avion !

Le vieillard, renonçant à ouvrir la portière, descendit la vitre et se penchant à moitié au-dehors, se mit à hurler à destination d'hypothétiques passants :

— Au secours ! On me kidnappe ! Je veux descendre !

Sans même prendre soin de regarder dans mon rétroviseur, je traversai les trois voies en diagonale et me garai en catastrophe sur le bas-côté. Je saisis le bras d'Hidalgo, à peine plus épais qu'un manche à balai et commençai à le secouer comme un garnement qui a pissé dans la soupière.

— Ça suffit maintenant ! Vous commencez à m'emmerder ! Vous, votre fils et votre putain d'Alzheimer !

Un silence gêné s'installa dans l'habitacle. Le genre de silence dans lequel on pourrait découper assez de gros cubes ouatinés et spongieux pour insonoriser une cathédrale.

Joseph Hidalgo s'était subitement calmé et c'est avec l'air digne et compassé d'un vieux lama offensé qu'il me lança :

— Je ne vois pas pourquoi vous me dites des conneries pareilles !

— Je… Je suis désolé…

— C'est vous qui perdez la boule.

— Je m'excuse OK ? C'est une journée de merde et…

Le vieillard continua de parler sans me regarder, les yeux perdus dans le lointain.

— Trouble du comportement, grossièreté, agitation stérile… C'est vous qui nous faites un Alzheimer. Vous devriez consulter.

Avant de commettre un acte irréparable qui me donnerait l'occasion de goûter pour longtemps l'hospitalité des geôles hispaniques, je quittai la voiture dont je claquai la portière sans parvenir à me détendre. J'extirpai de ma poche intérieure mon téléphone mobile et appelai sur-le-champ la *señora* Aguilera, prêt à bouffer mon chapeau sans assaisonnement pour qu'elle accepte de reprendre pour quelques jours le père de mon client.

Elle répondit à la première sonnerie.

— *Señora* Aguilera ? C'est Thomas Fiera.

— Que puis-je pour vous ?

Elle eut la courtoisie de me répondre en français mais sa voix était si glaciale que je fus surpris que mon Smartphone ne se couvre pas instantanément de givre.

— Je voulais m'excuser. Nous ne nous sommes pas quittés en très bons termes. J'étais un peu nerveux et je me suis comporté comme un goujat. Je suis vraiment désolé.

Le givre fondit légèrement.

— Je vous excuse, roucoula-t-elle. J'avoue avoir été un peu déçue et désagréablement surprise par votre comportement.

— Merci de votre compréhension… Et puisque nous voilà réconciliés, je voulais vous parler d'un léger souci avec monsieur Hidalgo…

Elle eut un de ces petits rires de gorge qui me titillent toujours la moelle épinière.

— Il a eu un petit… accident ?

— Hein ? Quoi ? Ah ! Ça ! Non, non. Ça va jusque-là !

— Alors quel est le problème ?

Je regardai longuement la route qui semblait ondoyer sous la brume de chaleur, la campagne écrasée de lumière, et je soupirai profondément avant de me résoudre à répondre à la question de la directrice.

— Il faut que je vous le ramène.

— Quoi ?

Elle avait quasiment rugi sa question, me perforant le tympan et endommageant probablement mon nerf auditif.

— Il faut que je vous ramène monsieur Hidalgo. Juste pour quelques jours. Il n'y a plus aucun vol et…

La *señora* Aguilera perdit en une seconde toute son exquise urbanité, sa voix suave et son rire cascadant et repassant à l'espagnol, elle m'aboya dans le creux de l'oreille des mots sans ambiguïté.

— Jamais ! Jamais ! C'est hors de question !

— Juste un jour ou deux ! Pour que je m'organise.

— Jamais ! Et ne m'appelez plus ! Oubliez-nous et allez vous faire foutre, espèce de sale type !

Elle raccrocha et quand je la rappelai immédiatement, je tombai sur le message m'indiquant que l'appareil de mon correspondant n'était pas actuellement disponible. Soit mon charme légendaire n'opérait plus au-delà des Pyrénées, soit le vieillard égaré que je trimballais avec moi était, sous des dehors globalement inoffensifs, un véritable fléau de Dieu, Attila en déambulateur, Gengis Khan en couche-culotte.

C'est alors qu'en regardant machinalement autour de moi, je réalisai que l'objet de mes pensées avait quitté la bagnole en douce et qu'ayant à moitié traversé la route, il se trouvait actuellement planté sur le terre-plein central, agitant les bras comme un improbable sémaphore, tandis que dans les deux sens de circulation les véhicules filaient à toute allure en klaxonnant.

Mon cœur loupa une marche et je crus faire une syncope.

Je me sentis devenir tout froid, mes jambes se gélifièrent et j'eus l'impression très nette que mes doigts allaient se détacher et tomber sur le sol. C'est là le tableau clinique précis de ce que je ressens quand je me penche du haut d'une falaise ou que je regarde un petit enfant vacillant marcher au bord d'un quai de métro.

Je me mis à courir vers lui tout en gueulant comme un malade.

— Joseph ! Ne bougez pas ! Surtout ne bougez pas !

Je parvins à le rejoindre je ne sais comment et non sans m'être copieusement fait insulter par des automobilistes furieux de m'avoir raté. Je l'attrapai par les revers de sa veste et le décollai littéralement du sol. Profitant d'une brèche dans le flot de circulation, je nous translatai près de notre voiture. Parvenu là, je le reposai sans ménagement.

— À quoi vous jouez, putain ? Vous êtes dingue ou quoi ? Vous voulez mourir ?

Il me désigna quelque chose de l'autre côté de la route.

— Je veux aller au restaurant.

— Quel restaurant ? Il est dix heures du matin ! Ce n'est pas l'heure de déjeuner.

— Ce que vous pouvez être vieux jeu !

Il repoussa mes grandes paluches et rajusta sa veste d'un geste plein de dignité. Il était assez attendrissant nonobstant le fait que je l'aurais volontiers fourré au fond d'un hachoir à viande.

— Écoutez-moi, Joseph, je n'ai encore jamais tué de vieux. C'est une carence dans mon expérience professionnelle. Mais quelque chose me dit que cela pourrait bien changer.

Il cracha à mes pieds.

— Tu crois que j'ai peur de toi ? *Cabrón !* Je vais te botter le cul !

Il essaya de me donner un coup de tête mais me manqua d'un bon mètre et se flanqua la gueule par terre. Il avait autant de mal à se relever qu'une vieille tortue arthritique renversée sur le dos, et pour faire bonne mesure, je lui posai mon pied sur le ventre.

— C'est bien ! Vous allez me foutre la paix cinq minutes comme ça.

— Salaud ! Bolchevique ! Fils de pute !

Je lui montrai mon téléphone.

— Moins fort, s'il vous plaît ! Je dois appeler votre fils.

— Je vais te tuer, *cabrón !* Je vais te faire bouffer tes couilles ! *Me cago en la concha de tu madre, maricòn !* [5]

— Vous pourrez faire tout ce que vous voudrez tout à l'heure, mais pour l'instant, bouclez-la !

J'appelai donc Pierre Hidalgo qui, lui aussi, me répondit dès la première sonnerie. Tous ces gens n'avaient donc rien d'autre à foutre dans l'existence

---

[5] *Je chie dans la chatte à ta mère, pédé !*

que d'attendre fébrilement mes coups de fil ? Cela étant, je n'allais pas m'en plaindre.

— Oui ? C'est qui ?

Le ton était rien moins qu'aimable et c'est bien la première fois qu'on m'apostrophait ainsi au téléphone. J'optai donc pour la froideur chirurgicale.

— Fiera. Il y a un problème.

— Que se passe-t-il ?

— Le Vésuve a explosé. Aucun avion ne peut décoller.

Il y eut un silence chargé d'électricité statique. Un court silence.

— Le Vésuve ? Qu'est-ce que c'est que ces conneries ? Qu'est-ce que j'en ai à foutre de ces foutus Ritals ?

— Le Vésuve est un volcan et les volcans adorent balancer des cendres dans l'atmosphère, des cendres qui détruisent les réacteurs des avions et les empêchent de voler. Je suis bloqué à Séville avec votre père sur les bras. Tous les vols sont annulés.

— Quoi ? Mais… Ce n'est pas possible !

— Si et ça s'appelle la réalité ! Vous n'avez pas écouté les infos ou lu les journaux depuis ce matin ?

— Je suis en séminaire de direction. Les téléphones et les ordinateurs portables sont interdits.

— Et vous me parlez avec quoi, là ? Un croissant au beurre ?

— Moi je suis le PDG.

— J'adore votre conception de l'équité managériale.

— Vous m'appelez pour commenter la façon dont je dirige ma boîte ou pour me donner des informations ?

Il était déjà de mauvais poil mais ce que j'avais à lui dire n'allait pas améliorer son humeur. Je m'apprêtai donc à lui expliquer la situation quand Joseph Hidalgo se remit à gueuler.

— Sale bouffeur de merde ! Je vais t'arracher le cœur et te l'enfoncer dans le cul !

Le fiston s'étonna.

— Quoi ? Qu'est-ce que j'entends là ? Qui est-ce qui crie près de vous ?

— Des parasites, sans doute.

Joseph remit le couvert.

— Je vais te faire bouffer tes couilles ! *Hijo de puta !*

— Mais qui est-ce qui crie comme ça ?

— Je suis sur une aire d'autoroute. Une minute. Je vous rappelle.

Je coupai la communication, relevai Joseph, le saisis par le bras et slalomant au milieu des voitures qui klaxonnaient, je reconduisis le vieillard sur le terre-plein central. Je revins alors près de la voiture et rappelai mon client.

— Voilà ! Ça devrait aller mieux. Comme je vous le disais, donc, il n'y a plus d'avion et ce pour une durée indéterminée.

— Et bien…

— Mais ce n'est pas tout. Quand j'ai téléphoné à la directrice de la maison de repos pour lui demander de garder votre père quelques jours de plus, elle a réagi très vivement.

— Vous voulez dire qu'elle a refusé ?

— Refusé ? J'ai cru qu'elle allait faire le déplacement rien que pour m'arracher les yeux ! C'est un peu excessif comme réaction, non ? Sauf si vous me cachez quelque chose.

J'entendais presque ses neurones cliqueter en dépit des centaines de kilomètres qui nous séparaient. C'était un grand patron et un négociateur et il devait calculer les chances qu'il avait de pouvoir m'entuber et les risques que cela impliquait.

— Et bien… hum… comment dire… ?

— Essayez avec des mots… c'est encore ce qui marche le mieux.

— C'est très gênant.

Quand quelqu'un tourne autour du pot, j'ai toujours furieusement envie de le choper et de lui enfoncer la tête dans le pot en question.

— Vous parlez maintenant ou bien j'abandonne votre père sur cette aire de repos et vous irez le récupérer aux objets trouvés.

— Espèce de salaud !

— Non. Le salaud, c'est celui qui n'est même pas foutu d'accompagner son vieux père pour ce qui sera sans doute son dernier voyage.

Et toc !

— OK. Je vais vous expliquer.

Je tendis l'oreille sans cesser de surveiller Joseph qui, sur son terre-plein faisait des bras d'honneur et des gestes obscènes aux automobilistes. Ce mec était vraiment une terreur !

— Je vous écoute.

— Ce que je vous ai dit est vrai. Mon père a déclenché un Alzheimer. Mais une des conséquences, c'est qu'il s'est transformé en véritable satyre. Il a essayé de coucher avec la moitié des résidentes.

— Il a essayé ou il l'a fait ?

— Quelle importance ? De toute façon, c'est dégoûtant !

— Dégoûtant ? Ce que vous pouvez être vieux jeu !

— C'est possible et je m'en fous ! Toujours est-il que la directrice a accepté d'étouffer l'affaire, mais à la condition qu'il parte au plus vite.

Joseph avait cessé de s'en prendre aux automobilistes et dansait maladroitement au son d'une musique qu'il était seul à entendre. Je ne pus faire autrement que de le trouver pathétique et émouvant, coincé dans sa démence comme un naufragé sur son île.

— Pourquoi ai-je l'impression désagréable d'être en train de me faire balader ?

Pierre Hidalgo protesta mollement.

— Mais non, je…

— OK. OK. Bon, alors, qu'est-ce que je fais ?

Quand quelques instants plus tard, je rejoignis Joseph sur le terre-plein, j'étais d'une humeur de phacochère dyspepsique. Le vieillard me regarda, l'air passablement égaré.

— Qu'est-ce que je fais là ? C'est dangereux.

— Vous faisiez du stop et coup de chance, vous venez de trouver un pigeon qui a accepté de vous conduire à Nice en bagnole ! 1 647 kilomètres ! J'ai vérifié !

Les yeux du vieillard me fixaient, hagards, implorants, comme s'il attendait désespérément de moi que je puisse donner un peu de sens au terrible bordel qui régnait dans sa tête.

Je n'ai jamais pu résister aux chiens perdus.

Surtout aux vieux chiens.

Je luis pris le bras avec douceur et il s'appuya sur moi avec soulagement.

— Allez, Joseph, ne restons pas là. Une longue route nous attend.

3

Si on la compare aux standards ordinaires, on peut dire que je mène une vie bizarre, pleine de bruit, de fureur et de violence. Une vie peuplée d'aventuriers au grand cœur, de méchants, de victimes et de salauds. Une vie dans les coulisses de la société, dans ses arrière-cuisines, et ce que j'y découvre n'est que rarement de nature à me réconcilier avec l'être humain.

Cela n'a pas toujours été comme ça et j'étais même bien parti pour mener une existence des plus paisible, douillette, tendre, gentiment chiante. J'avais une femme merveilleuse, un poste d'enseignant à l'université et je savais qu'une fois mon doctorat décroché et ma thèse publiée, une belle carrière me tendrait les bras.

Mais tout ce bel édifice que je croyais de pierre n'était fait que de paille et s'envola au loin quand une bourrasque du destin passa par là. Ma femme tomba dans un coma profond* lors d'une banale intervention chirurgicale et le sujet de ma thèse – la communication chez les félins domestiques – m'apparut soudain comme la chose la plus futile et la plus ridicule du monde.

J'abandonnai la fac et, totalement par hasard, devins enquêteur privé. Un métier un peu étrange, assez glauque et aux contours indéfinissables, qui avait l'immense mérite de me laisser du temps que je pouvais passer au chevet de ma belle endormie pour pleurer tout mon saoul.

Cette situation dura presque dix ans. Dix ans de coma pour ma femme et dix longues années pour moi, à vivre dans des limbes émotionnels, le cœur à moitié gelé. Bien sûr, j'eus des aventures, des amourettes et même quelques coups de cœur, mais le cœur, justement, n'y était pas et l'eau de rose finissait en jus de boudin.

Et un beau jour, elle partit. Comme une feuille qui, morte et jaunie depuis longtemps, reste inexplicablement accrochée à sa branche et puis décide subitement de suivre le vent, ma douce et tendre morte vivante, si pâle, si fragile, s'en fut un jour d'été. Sans doute avait-elle jugé qu'il était temps pour elle de passer à autre chose ou bien que je méritais enfin de retrouver le chemin de la vie.

Qui peut savoir ?

Et la vie, donc, revint, progressivement, par mille chemins détournés et encombrés de symboles. Tout d'abord, je découvris que j'avais un fils.* Pas un petit machin tout fripé qui passe ses nuits à hurler et ses jours à conchier ses braies, non : un grand dépendeur d'andouilles d'une vingtaine d'années, déjà tout fini. Un beau jeune homme espagnol, fruit d'amours presque enfantines et que j'avais dû tirer d'une béchamel infernale dans laquelle il s'était fourré.

Bizarrement, être père m'avait filé un coup de jeune. Ça m'avait comme qui dirait irrigué, remis à jour, rafraîchi. J'avais enfin une bonne raison de durer, de faire un peu gaffe à mes fesses et puis, il faut admettre que pour un grand dépressif hypocondriaque pratiquant l'auto-apitoiement comme d'autres jouent au golf, c'est plutôt salutaire d'avoir un môme. Ça oblige à se décentrer et à se faire du souci pour quelqu'un d'autre que pour sa gueule. Ça repose de soi-même.

Par la suite, au moment où je m'y attendais le moins, plongé dans une enquête glauque à souhait,* ce fut l'amour qui déboula dans mon existence avec la délicatesse d'une baffe dans la gueule et la puissance d'arrêt d'une balle à tête creuse. Mais bon, si vous attendez des violons langoureux et des tête-à-tête au clair de lune dans l'air embaumé de jasmin, va falloir changer de crémerie. C'est pas le genre de la maison ! Comme je vous le disais plus haut, ma vie est bizarre et mes amours n'échappent pas à la règle.

Et là, dans le registre bizarre, difficile de faire mieux : une grande nana bien balancée, athlétique, ascétique, linguiste et tueuse semi-professionnelle qui, avec toute une équipe de frappadingues dont je vous ai souvent parlé,* partageait depuis près de dix ans mes diverses aventures et m'avait si souvent sauvé la vie que j'avais cessé d'en tenir le compte.

J'éprouvais pour elle – austère comme une chapelle romane et incroyablement sexy dans le genre pétroleuse –, un mélange d'amitié, de respect, d'estime et de désir que la sainte et salutaire frousse qu'elle m'inspirait condamnait au platonisme. J'aurais préféré me coller un mamba noir dans le fion plutôt que de lui proposer des friponneries : le serpent m'offrait une vague chance de survie, pas Adélaïde.

Adélaïde, c'est son blase. Adélaïde Renucci.

Prononcez ce nom dans des bars interlopes, des camps de guérilleros ou tout un tas d'endroits louches aux quatre coins de la planète et vous verrez des mauvais garçons, des tueurs et des sociopathes perdre leurs couleurs et se mettre à trembler dans leurs slips.

Voilà, c'est cette nana-là, cette improbable amazone, cette vestale guerrière qui, fatiguée d'attendre que je comprenne quelque chose à l'amour, avait décidé de me prendre sous son bras et de m'entraîner dans sa case pour me rééduquer le chihuahua et me réaccoutumer au bonheur.

Sacrée nana !

Pourquoi je vous raconte tout ça ?

Peut-être parce qu'après avoir été comme anesthésié de l'âme pendant des années, tous ces événements m'avaient en quelque sorte attendri, adouci et que, sans cette débauche de sentimentalisme et d'émotivité, rien de cette histoire ne se serait déroulé de la même façon.

Et ça aurait été bien dommage en définitive.

Bref.

Après m'être engagé auprès de Pierre Hidalgo à convoyer son père par voie terrestre, je me sentis bon et chevaleresque puis, immédiatement après, con et naïf. Chez moi, la fibre boy-scout est aussi développée que l'intelligence chez un membre du Rassemblement National, et l'espèce d'égoïsme nonchalant qui me tient lieu de tempérament me fit vite regretter mon bon mouvement : qu'allais-je m'encombrer d'un tel colis ?

En regardant derrière moi et en voyant le vieillard qui roupillait allongé sur la banquette arrière, mon cœur se serra. Cet antique débris, plus chiant que la pluie et plus mauvais que la gale, ressemblait à un enfant abandonné, un très vieil enfant abandonné depuis très longtemps. Un enfant perdu, quoi !

Je me résignai donc à me taper mille six cents bornes pour être en paix avec ma conscience. Et j'appelai Adélaïde que j'étais supposé retrouver dans la soirée, à mon retour de Nice, si tout n'était pas parti en cacahuète à cause d'un foutu volcan.

— Salut, Adélaïde ! C'est Thomas.

— Salut.

Adélaïde a le verbe rare et l'enthousiasme très intériorisé. On s'y fait.

Guère le choix, à vrai dire.

— Tu es au courant pour le Vésuve ?

— Oui. Je suppose qu'il n'y a plus d'avion, que tu es bloqué avec ton petit vieux à transbahuter et que tu as décidé de le conduire à Nice en voiture.

Ce qui est bien avec les gens supérieurement intelligents, c'est qu'ils vous comprennent sans qu'il soit besoin de longues phrases. C'est également ce qui les rend parfois très pénibles. Ça dépend des jours.

— C'est bien ça.

— Donc tu annules notre rendez-vous de ce soir ?

— Euh… oui.

— OK. Autre chose ?

— Non… Je…

— Oui ?

— Je t'embrasse.

— Prends soin de toi.

Et elle raccroche.

C'est Adélaïde.

Elle est plus dingue qu'un lièvre de mars, plus glaciale qu'une banquise, plus bouillante que la lave, aussi tranchante qu'un rasoir et plus dangereuse qu'une grenade dont on a égaré la goupille. C'est ma nana et je l'adore.

J'entendis que ça s'agitait sur la banquette arrière et bientôt, la tête hirsute d'un Joseph Hidalgo encore ensommeillé apparut derrière le siège du mort.

— Bien dormi ?

— J'en avais besoin.

Il me sourit. Un gentil sourire. Avec son cou fripé et ses cheveux en bataille, il ressemblait à un des vautours du *Livre de la jungle* de Disney. Soudain, il éclata de rire.

— Regardez ! Le taureau !

Il me montrait du doigt une gigantesque silhouette de taureau qui, noire sur fond bleu, se détachait du ciel limpide. Si vous avez déjà voyagé au-delà des Pyrénées, vous n'avez pas pu manquer ces immenses panneaux publicitaires qui font parfois plus de dix mètres de haut et qui, conçus au départ pour faire la promotion du porto Osborne, ont fini par devenir un genre de symbole culturel de l'Espagne. Vous en trouvez dans toutes les régions, sauf en Catalogne naturellement, où de valeureux nationalistes ont bravé tous les dangers pour abattre ce dangereux symbole de l'impérialisme castillan.

— Vous avez vu le taureau ? insista Joseph en me tapant sur la tête.

— Bien sûr ! Difficile de le louper !

— Il y en a partout en Espagne.

— Je sais. On venait souvent par ici en vacances quand j'étais môme. Et mon père nous faisait toujours rigoler en nous montrant les couilles du taureau. Il nous disait que c'était la meilleure représentation de l'âme espagnole.

— Le taureau ?

— Non. Les couilles. Selon lui, ça résumait tout ce qu'il y avait à savoir de la culture ibère !

Hidalgo se mit à rigoler à pleine gorge.

— Il avait bien raison. Les *cojones*, c'est la seule grande affaire des Espagnols. En avoir ou pas. Tout est là !

Nous roulâmes en silence quelques instants, quand soudain, avec une vivacité étonnante, mon passager décida d'escalader les sièges pour passer à l'avant. Il me flanqua son pied dans la figure, ahana, se contorsionna et parvint finalement à ses fins. Le dos plaqué à la portière, il me regardait fixement avec, dans le regard, une lueur de défiance qui ne me disait rien de bon.

— Vous n'êtes pas mon fils ! Vous ne lui ressemblez pas du tout !

Si vous aimez l'aventure, le changement, l'imprévu mais que, néanmoins, les gags à répétition ne sont pas pour vous déplaire, alors n'hésitez pas : voyagez avec un vieillard atteint d'Alzheimer. Vous ne serez pas déçu !

— C'est normal que je ne lui ressemble pas. Je ne suis pas votre fils. Je suis juste un de ses amis. Il est très occupé, il ne pouvait pas venir et il m'a demandé de vous conduire à Nice. Vous vous rappelez ?

Joseph se crispa brusquement et arbora sa moue de lama outragé.

— Bien sûr que je me souviens ! Je ne suis pas fou. Et pas de bobard sur mon fils ! Ce petit con ne peut pas me sacquer. Il n'est jamais venu me voir. Nous sommes fâchés.

— J'ai cru comprendre…

— Je serais curieux de savoir ce que ce *cabrón* a bien pu vous raconter sur moi.

Je haussai les épaules.

— Bah ! Peu de choses en fait. Ce sont vos histoires. Ça ne me regarde pas !

Le vieillard ne me répondit pas et je l'entendis marmonner en espagnol. Je ne compris pas le détail de ce qu'il racontait, mais les bribes que je parvins à capter semblaient avoir trait à des pratiques sexuelles faisant appel à divers membres de ma parentèle et nécessitant une souplesse sans pareille ou une anatomie surdéveloppée.

Je toussotai.

— Vous n'avez pas faim ?

Joseph Hidalgo dodelinait de la tête en fixant la boîte à gants.

— Joseph ? Ça va ?

Un filet de bave ne pouvant réellement être considéré comme une réponse, je me rabattis brusquement sur la droite et me garai à la sauvage sur la bande d'arrêt d'urgence. J'attrapai le bras du vieux et me mis à le secouer.

— Joseph ! Y a quelqu'un ? Joseph !

J'étais à deux doigts de lui coller une baffe, quand sa tête pivota lentement et qu'il me foudroya d'un regard glaçant. Le regard du mec qu'il est déconseillé de faire chier ; du mec qui sait comment vous faire mal ; du mec qui vous considère au mieux comme une gêne au pire comme un gêneur. Le mec à éviter quoi. Le méchant. Le vrai méchant.

Et puis, comme la silhouette d'un plongeur remontant des profondeurs, quelque chose vint troubler la surface glacée de son regard. Échappant à ses abysses personnels, luttant contre le courant de la folie et de l'oubli, Joseph Hidalgo revenait.

— Je… Je… Où sommes-nous ?

— Pas très loin de Cordoue. Vous êtes fatigué. On va trouver un petit restaurant sympa et après, vous ferez une sieste. D'accord ? On reprendra la route plus tard. Après tout, rien ne nous presse.

Il saisit ma main et la porta à sa joue.

— Tu es gentil avec moi. Je t'ai mal jugé.

Je sentis un genre de papillon fébrile s'agiter dans ma poitrine. J'essayai sans succès de lui retirer ma main.

— Ne vous inquiétez pas. Je vais m'occuper de vous.

Il embrassa ma paume et je ne savais plus où me foutre.

— *Gracias, hijo ! Con mucho gusto.*[6]

Je compris alors qu'il était toujours aussi confus.

— Mais je ne suis pas… Oh et puis laissez tomber.

Je réussis enfin à libérer ma main et après avoir vérifié dans le rétroviseur que la voie était libre, nous reprîmes la route.

Une rapide consultation de mon Smartphone m'indiqua une petite auberge non loin de la pro-

---

[6] *Merci, fils ! Avec plaisir.*

chaine sortie et effectivement, après avoir quitté l'autoroute, il ne nous fallut que quelques minutes pour nous y rendre.

Il s'agissait d'une belle bâtisse, vaguement mauresque, dont les murs blanchis à la chaux devenaient aveuglants sous le soleil de midi. Elle abritait un joli patio ombragé, véritable oasis de fraîcheur et de calme où nous nous installâmes, tout à côté d'une fontaine au murmure apaisant.

C'était le genre d'endroit d'une douceur absolue où l'on se sent à l'abri de la folie du monde et où rien de mauvais ne semble pouvoir vous atteindre. Si j'étais allé jeter un coup d'œil sur le parking, j'y aurais vu une Mercedes noire dont les passagers patibulaires m'auraient sans doute convaincu du caractère illusoire de cette impression. Mais je ne le fis pas et à cet instant de mon histoire, je n'avais aucune raison de le faire.

*

En voyant Fiera et Hidalgo pénétrer dans l'auberge, le chauffeur coupa le contact, créant subitement dans l'habitacle un silence apaisant. L'énorme bagnole allemande a beau être spacieuse et confortable, les cinq malabars qui s'y trouvent paraissent à l'étroit. Ils ont des gueules de brutes limitées sur le plan des connexions neuronales. Le gars assis près du chauffeur sort un téléphone et appelle un correspondant.

— Ils viennent d'entrer dans une auberge. On fait quoi ?

Il écoute la réponse en hochant la tête.

— Je sais. Mais il n'y a rien eu à faire depuis l'aéroport. Trop de témoins. T'inquiète pas ! On les chopera dans un coin tranquille et...

Il montre le téléphone à ses collègues.

— Il a raccroché, ce con.

*

Nous avions commandé une montagne de tapas pour accompagner notre anisette bien fraîche, et le spectacle appétissant et coloré de ces délicieuses petites choses me fit momentanément oublier d'admirer les courbes sublimes et le déhanchement diabolique de la jeune et jolie serveuse qui aurait fait passer Penélope Cruz pour un boudin court sur pattes.

Je levai mon verre.

— À votre santé, Joseph. Et faisons de ce voyage improvisé un agréable moment.

Il répondit à mon toast en levant également son verre, avant de siffler son anisette avec une évidente satisfaction.

— Purée ! Ça fait du bien ! Ces fils de pute de la baraque à vieux ne nous servaient jamais une goutte d'alcool !

— J'ai cru comprendre que vous aviez trouvé des compensations…

— Qu'est-ce que vous voulez dire ?

Je me sentis soudain un peu couillon. C'est le problème avec les allusions graveleuses : elles restent tolérables sous la forme d'allusions mais deviennent insupportablement grossières et vulgaires dès lors qu'il faut les expliciter.

— Et bien que… comment dire… J'ai cru comprendre que vous étiez encore vert et que vous… et certaines pensionnaires… enfin voilà, quoi…

L'expression de Joseph vira à l'orage et je lui lançai un sourire crétin dans l'espoir, parfaitement vain, de désamorcer l'incident diplomatique.

— C'est quoi, ces conneries ?

— Ne vous fâchez pas ! Votre fils m'a raconté que vous étiez un vrai satyre et que c'était même pour ça que la directrice ne voulait plus de vous.

Joseph posa son verre brutalement sur la table.

— *Concha su madre !*

— Il m'aurait donc menti ?

Le vieillard se pencha vers moi et le visage crispé par la colère, il me lança dans un murmure anisé :

— J'ai eu un foutu cancer de la prostate et depuis, ma queue me sert juste à pisser…

Je sentis mes testicules se rétracter comme à chaque fois qu'on évoque devant moi ce genre de souci médical.

— Aïe ! Désolé.

Joseph semblait soudain accablé de chagrin et se prit la tête entre les mains. Les yeux braqués sur la table, il commença à parler sans oser me regarder en face.

— Il est né en France. Quelques années après que l'on a quitté l'Algérie.

— Comme moi alors…

— Vous êtes pied-noir, vous aussi ?

— En quelque sorte… Mes parents étaient d'Oran.

— Je suis sûr que vous avez été un bon fils. Ça se voit. Vous avez du respect.

Je pensai aux relations compliquées et orageuses que j'avais toujours entretenues avec mes parents et je ne pus m'empêcher de grimacer une moue dubitative.

— Mouais. Vous avez sans doute raison. Mais parfois, avec mes parents et surtout avec mon père, j'aurais bien aimé qu'il y ait un peu moins de respect et un peu plus de démonstrations d'affection.

Joseph releva la tête et eut un geste tranchant.

— C'est des conneries tout ça ! Des trucs de tapettes !

Je levai les yeux au ciel.

— J'ai l'impression d'entendre mon père…

Mais le vieil homme ne m'écoutait plus, perdu dans ses souvenirs.

— Au début, mon fils, c'était un bon petit. Et puis vers quinze ans, il a commencé à m'en vouloir. Je ne sais pas pourquoi. J'ai été maladroit. Lui aussi. Depuis…

Il se redressa en s'essuyant les yeux discrètement. Il reprit son verre.

— *Puta madre !* On ne va pas pleurnicher comme des gonzesses ! À votre santé, Thomas.

La fin du repas se déroula dans une bonne ambiance et, assommé par le voyage, les émotions et l'anisette, Joseph commença à somnoler. Avant qu'il ne dégringole de sa chaise, je lui pris le bras et le conduisis jusqu'à un transat installé un peu à l'écart des tables, où je l'aidai à s'allonger, le laissant piquer un petit roupillon. Après tout, nous étions dans le pays qui avait fait de la sieste un art et un mode de vie.

Profitant de ce que Hidalgo était momentanément hors-service, je sortis sur le parking pour appeler mon pote Fred Carpenter. Aux bruits proprement immondes jaillissant de mon écouteur, je compris qu'il était probablement en train de se gaver de pizza et je n'eus aucun mal à l'imaginer, confortablement calé dans son fauteuil de *gamer* compulsif, en train d'enfourner une quatre-saisons tout en bossant sur cinq ordinateurs à la fois.

En dépit d'une allure de garçon de ferme demeuré et d'une hygiène alimentaire et corporelle on ne peut plus suspecte, Fred est un pur génie, dont l'intelligence dysfonctionnelle est totalement focalisée sur les mathématiques, la logique et l'informatique. Si en dehors de ces trois domaines, il est à peu près aussi vif qu'un parpaing, il devient en revanche indispensable si vous avez besoin de déchiffrer un code réputé inviolable ou de hacker une forteresse numérique.

— Salut Fred ! C'est Thomas.

Il engloutit une part de quelque chose, mastiqua et déglutit bruyamment, ce qui me donna l'impression désagréable qu'un petit animal gluant et priapique essayait de violer mon conduit auditif. C'est une expérience déplaisante que je déconseille à toute personne sensible.

Il rota pour faire bonne mesure.

— Salut Thomas ! T'es toujours en galère ?

— Je conclus de ta question que tu as parlé à Adélaïde ?

— Ouais. Elle m'a expliqué vaguement que tu t'étais pété une cheville en transportant un vieil arbre et sa mère à Venise.

Une discussion avec Fred est l'équivalent linguistique de ces pochettes-surprises que l'on trouvait naguère chez les boulangers et les buralistes : il y a beaucoup de volume, peu de contenu, et celui-ci est en général aussi merdique qu'inattendu.

Je soupirai.

— Comme d'habitude, tu n'as rien compris. J'étais à Séville et je transporte un Alzheimer dans le vieux Nice.

Un cliquetis de clavier, clairement audible dans mon récepteur, m'indiquait que Fred ne m'écoutait déjà plus.

— Ah ouais ? Super ! Cool. Qu'est-ce que je peux faire pour toi ?

— J'ai besoin que tu me trouves tout ce que tu peux sur Pierre Hidalgo et son père Joseph. Et vite !

— Pierre Hidalgo ? Le Pierre Hidalgo ?

— Lui-même !

— Et tu as besoin de ça pour quoi faire ?

— Je suis en train de convoyer son père, Joseph, vers la France. Et je ne sais pas pourquoi, mais quelque chose pue dans cette affaire. Une intuition.

— OK ! Je m'y mets tout de suite. Je t'envoie une synthèse dans une heure ! J'ai jamais pu sacquer cette baltringue d'Hidalgo. Salut.

Après cet échange éprouvant, je regagnai le restaurant où, m'installant non loin de Joseph, je restai un moment à le regarder dormir. Les mouvements oculaires qui agitaient ses paupières indiquaient qu'il rêvait et j'aurais donné cher pour savoir à quoi pouvaient bien ressembler les songes de ce cerveau à la dérive.

Se rappelait-il des scènes oubliées de son passé ou bien errait-il dans un univers inconcevable, créé par l'agonie des synapses ? Se promenait-il dans un souvenir d'enfance ou dans un cauchemar à la Dali ? Revivait-il une tendre balade amoureuse ou marchait-il dans un paysage impossible dont le décor liquide l'engloutissait petit à petit ? Je ne le saurais jamais, bien sûr, comme tant d'autres choses que je ne me résous que difficilement à ignorer.

Je suis un homme raisonnablement intelligent, assez sensible et plutôt cultivé et, ne passant pas ma vie à m'envoyer en l'air, il me faut bien admettre que c'est à mon cerveau que je dois mes principaux moments de bonheur ou d'émotion. Je ne peux même pas imaginer ce qu'aurait été ma vie sans la capacité de m'émerveiller et d'apprécier en vrac : romans, films, musique, couchers de soleil, philosophie, vins rares et énigmes intellectuelles diverses et variées. Et que dire de la magie de l'amour ou de l'amitié ? De l'émotion sans pareille que l'on éprouve en retrouvant un visage chéri ? Du bonheur simple de se tenir près d'un ami avec qui les mots ne sont même plus nécessaires ?

L'idée que tout cela puisse disparaître, happé par l'impitoyable déchiqueteuse de la maladie d'Alzheimer me terrifie plus que tout autre chose au monde. S'enliser en soi-même, se perdre dans son propre labyrinthe jusqu'à ce que le simple pronom « je » devienne un parfait inconnu, constitue pour moi ce qui s'approche le plus d'une version portative de l'enfer.

Donnez-moi la mort ! Donnez-moi la souffrance ! Enfermez-moi dans la plus abjecte des géhennes, mais laissez-moi savoir qui je suis.

J'en étais à mon troisième café quand Joseph ouvrit les yeux brutalement et, se redressant, jeta autour de lui des regards affolés et désorientés. Je me plaçai dans son champ visuel et ma présence sembla le rassurer.

— Tout va bien, Joseph. Vous avez un peu dormi. C'était nécessaire. On a encore de la route à faire. Un peu beaucoup en fait.

— La… La route ?

— Nous allons à Nice. Vous vous souvenez ?

Il eut un sourire vague et un peu faux, un sourire de sale gosse en train de mentir.

— Bien sûr que je m'en souviens ! Vous me prenez pour qui ? Pour un gâteux ? Allez ! On y va !

Je payai la note, ridiculement peu élevée, comme souvent dans les restaurants espagnols, et nous sortîmes pour regagner la voiture. Joseph, vacillant dangereusement sur les graviers, s'était accroché à mon bras et, adaptant mon pas au sien, nous traversâmes le parking à la vitesse d'un escargot hébéphrénique.

Mon compagnon souhaitait encore dormir un peu et je l'installai donc aussi confortablement que possible sur la banquette arrière. Je m'apprêtai à prendre le volant quand mon mobile se mit à vibrer dans ma poche.

C'était Fred.

— Salut Fred !

— Ouais ! Salut ! Salut ! J'ai tes infos et c'est du lourd.

Mon pote semblait aussi excité qu'en face d'une pizza à l'ananas, un de ces mets contre-nature qu'il affectionnait particulièrement.

— OK. Explique-moi, mais vite. J'ai un vieux sur le feu…

— Voilà. J'ai commencé par des recherches classiques et là, rien d'extraordinaire. Le père est né en Algérie, vieille famille pied-noire espagnole. Le fiston est né en France une quinzaine d'années après l'indépendance. Élève méritant, boursier, etc.

— C'est drôle, j'ai l'impression que tu me racontes mon enfance. Bon, bref ! C'est donc la version officielle.

— Voilà ! Mais il y en a une autre. Une version un peu plus zarbi.

— Accouche !

— Quand on creuse un peu, on se rend compte que Joseph Hidalgo, né à Oran en 1935, ne peut pas se trouver dans ta voiture en ce moment.

— Je le vois d'ici…

— Je ne sais pas qui tu vois, parce que Joseph Hidalgo, né le 24 septembre 1935 à midi dans la belle ville d'Oran, est mort le même jour après avoir vécu deux heures.

— Hidalgo est un nom courant. Il n'y a sans doute pas qu'un seul Joseph Hidalgo né à Oran.

— Si, si… J'ai tout vérifié. Les fichiers ont été modifiés. Joseph Hidalgo n'existe pas. Et en tout cas, ce n'est pas lui que tu trimballes dans ta caisse.

— Putain de merde !

— J'étais sûr que tu allais dire ça !

— OK. Continue tes recherches. Je te rappelle plus tard.

Il n'est pas facile de me prendre au dépourvu et le drôle de métier que j'exerce m'a bien habitué à tous les coups tordus possibles et imaginables, mais là et quand bien même je flairais une embrouille, j'en restai sur le cul. Et puis je n'aimais pas la façon dont cette enquête semblait trouver une forme d'écho dans ma propre vie.

Je fis quelques pas erratiques autour de la voiture tout en laissant distraitement mon regard balayer les environs. L'esprit ailleurs, je vis sans les voir l'énorme platane qui ombrageait le parking, la plaine jaune brûlée de soleil, le vieil homme juché sur un âne qui cheminait sur la route, les rares nuages effilochés, le gros SUV noir garé à une centaine de mètres.

Je poussai un grand soupir et remontai dans la voiture où je fus accueilli par un froid polaire : Joseph avait enjambé les sièges avant et poussé la climatisation au maximum. Un manchot empereur aurait sans doute réclamé une petite laine.

— Alors, Joseph ? Vous ne dormez pas finalement ?

— Non. La petite sieste de tout à l'heure m'a fait du bien. J'ai l'esprit plus clair.

— Tant mieux. Vous ne voyez pas d'inconvénient à ce que je réduise un peu la clim ? J'ai peur d'attirer des ours blancs.

Il acquiesça en posant sur moi un regard perçant où ne se lisait aucune trace de folie ou d'égarement.

— Vous avez des problèmes ?

— Pourquoi demandez-vous ça ?

— Je vous ai vu téléphoner. Vous sembliez agité.

— Non. Rien de spécial. Le boulot… Les emmerdes habituelles. Rien de grave.

Il hocha la tête avec ce petit sourire en biais qui, quand il n'est pas le symptôme d'un futur AVC, indique que votre interlocuteur ne croit pas un seul instant vos bobards. Je m'empressai de changer de sujet.

— On y va ? La route est encore longue jusqu'à Nice.

— *Vámonos.*

Je démarrai et nous reprîmes la route, moi et cet inconnu qui se faisait appeler Joseph Hidalgo.

4

Rouler à travers un paysage monotone est puissamment hypnotique. Enfant, déjà, bercé par le chuintement des pneus sur l'asphalte, j'atteignais un genre de transe en fixant le ruban de la route avalé sans fin par la voiture affamée.

Le décor défile ; les villes, les collines et les plaines ne sont plus que des taches colorées dans le coin de l'œil et l'on se précipite vers l'avenir, enfermé dans cette bulle de présent perpétuel que constitue l'habitacle du véhicule.

Ce genre d'état second étant extrêmement propice à l'assoupissement et donc aux accidents, je me secouai et, histoire de joindre l'utile à l'utile, j'entrepris de cuisiner un peu mon énigmatique passager.

— Et si vous me parliez un peu de vous ? On a un bout de chemin à faire ensemble. Autant mieux se connaître, non ?

Le petit vieux sympathique et touchant avait de nouveau disparu pour laisser place à son double maléfique, le vieux connard aigri et fielleux.

— Pour quoi faire ? On ne va pas se marier !

— Non ? Merde alors ! Je me suis fait des idées !

— Je n'aime pas votre humour de pédé. Vous êtes un petit rigolo et je n'aime pas beaucoup les petits rigolos.

— Vous n'aimez pas grand-chose en fait. Je me trompe ?

— Va te faire enculer !

Je choisis d'ignorer cette alléchante invitation et embrayai sur la suite.

— Vous êtes d'Oran, c'est ça ?

Il émit un genre de grognement qui devait être un acquiescement.

— Je me souviens d'avoir entendu mon père parler d'une famille Hidalgo à Oran. Si ça se trouve, vous vous connaissiez… Ça serait trop drôle ! Non ?

Joseph me jeta un rapide coup d'œil en coin.

— À mourir de rire. Mais je n'ai jamais connu aucun Fiera.

— Vous m'avez dit le contraire tout à l'heure…

Il sembla vaciller et se mit à bafouiller.

— Je… je ne me souviens plus. Vous me fatiguez… j'ai besoin de dormir…

— C'est bizarre cette façon de vous réfugier dans le sommeil dès que quelque chose vous dérange.

— Va te faire foutre, *cabrón* !

Et sur ces mots, il me tourna le dos et, collant son front à la vitre, il fit mine de s'endormir. J'étais prêt à parier qu'il ne dormait pas et explorait ses souvenirs, à la recherche d'un certain Pablo Fiera, mon père.

Nous roulâmes ainsi jusqu'à ce que les ombres s'allongent et que le ciel vire à l'indigo teinté de rose. Le crépuscule s'annonçait et avec lui cette paix de l'âme doucement mélancolique qu'on appelle le blues.

— Joseph. Je suis crevé. Nous allons pousser jusqu'à Barcelone. Pendant que vous dormiez, j'ai appelé un ami qui me prête son appartement pour ce soir. On se lèvera tôt demain. Nous serons à Nice en début d'après-midi.

Il sursauta et me lança un regard totalement égaré. Quand cela se produisait, j'avais l'impression qu'une entité étrangère s'était emparée du corps de Joseph, comme dans ce film de Don Siegel, *Invasion of the Body Snatchers*, mieux connu sous nos climats comme *L'invasion des profanateurs de sépultures*. Je claquai des doigts devant son nez.

— Joseph ? Vous êtes avec moi ? Joseph ?

Il m'offrit un sourire désarmant.

— C'est toi, Papa ?

Sa question me prit de court, mon cœur loupa une marche et je me sentis déstabilisé et ému au-delà de toute expression. Je dus me racler la gorge pour ne pas chevroter avant de lui répondre.

— Ça va, Joseph ?

Son regard flottait à la dérive.

— Qui est Joseph ?

— Ça, c'est une foutue bonne question, murmurai-je entre mes dents serrées.

L'ami barcelonais que j'étais supposé avoir appelé était une relation d'Adélaïde et c'est elle, qui, à ma demande, avait tout arrangé avec lui.

Ma compagne s'est ainsi bâti, aux quatre coins du monde, un vaste réseau d'obligés qui, par sympathie, loyauté ou le plus souvent par crainte, peuvent être sollicités par elle pour rendre divers services. Héberger un ami ou fournir un renseignement, de l'argent, une planque, une arme de poing ou un hélicoptère de combat constituent un faible échantillon de ce qu'Adélaïde Renucci peut obtenir en passant un simple coup de fil.

Gros pouvoir de persuasion.

Gros potentiel de destruction.

Comme disait feu Al Capone, moraliste bien connu et expert sous-estimé en matière de relations humaines : *On obtient plus en étant poli et armé, que simplement poli.*

Le gars qui nous accueillit dans un petit appartement coquettement rénové du quartier anciennement populaire de la *Barceloneta* était affligé d'un air renfrogné et furieusement mal-aimable, qui ne devait pas tout à l'épais mono-sourcil qui lui barrait le front : le regard glacial de sociopathe, la moue méprisante et la balafre qui lui traversait la joue y étaient également pour quelque chose.

En ce monde, outre la grande masse des mollassons imprévisibles et un peu lâches, il existe des gens dangereux (dont je suis), des gens méchants (dont je peux être) et, *last but not least*, des gens nuisibles. Ceux-là appartiennent à une autre engeance que vous et moi et faire le mal ne constitue pas pour eux une action accidentelle, regrettablement délibérée ou laborieusement stratégique mais une simple extension de leur moi. Ils sont toxiques, leur existence est une injure à la vie et si l'univers avait la moindre cohérence, leur souffle devrait suffire à faner les fleurs.

Mono-Sourcil relevait manifestement de cette catégorie et en tout autre circonstance, je ne lui aurais même pas pissé dessus s'il avait été en feu.

Bizarrement, quand je me présentai comme l'ami d'Adélaïde, le dur à cuire se fit aussi doux qu'un jeune chiot, et c'est avec une touchante volonté de plaire qu'il nous fit visiter l'appartement. Je m'attendais presque à ce qu'il se mette à sautiller autour de mes chaussures en me mordillant les lacets.

— J'espère que ça vous plaît. Et surtout, dites à la *señora* Renucci que si elle a besoin de quoi que ce soit, elle n'hésite pas à me demander. Ça sera avec plaisir que…

D'un geste, j'interrompis sa logorrhée et me tournai vers Joseph.

— Vous devriez vous allonger un peu avant que j'aille nous acheter quelque chose à manger, OK ? Et puis j'ai deux ou trois petites choses à régler avec Monsieur…

— D'accord, *hijo*, tu as raison, je vais me reposer, me dit-il sans discuter avant de se laisser tomber sur le lit avec soulagement.

Je pris notre hôte par le bras et l'entraînai dans le hall, hors de portée des oreilles du vieillard. Je me penchai vers lui avec des mines de conspirateurs.

— Vous avez aussi les… les autres choses que j'ai demandées à Adélaïde ?

Il me tendit une serviette en cuir qui était posée sur une petite commode près de la porte.

— Quand Adélaïde demande, on fait ce qu'Adelaïde demande.

— Cela me semble une sage philosophie.

Le regard noir qu'il me lança en disait long sur le sort qu'il m'aurait réservé si je n'avais pas été l'ami de la *señora* Renucci. Il haussa les épaules.

— Elle m'a expliqué que vous pensiez avoir été suivi et que vous souhaitiez pouvoir vous défendre. Moi, je m'en fous. Elle me demande, et je fais. Voilà.

Je pris la serviette qui était plus lourde qu'il n'y paraissait.

— Un Glock 19, un silencieux, des munitions et un Taser.

— Vous n'avez pas mis le lance-roquette ?

Il n'esquissa pas même l'ombre d'un sourire.

— Je blague bien sûr ! Et je vous dois quelque chose ?

— Pour Adélaïde Renucci, c'est gratuit.

— Et je peux avoir une petite boîte de cirage ?

— Je suppose que c'est encore une tentative de faire de l'humour ?

Je me raclai la gorge.

— Disons que c'était à l'humour ce que le crash du Concorde est à l'aviation civile…

— Encore de l'humour ?

— Laissez tomber et merci pour tout.

Il me salua d'un signe de tête microscopique et sortit sans ajouter un mot. J'imagine qu'après cet échange, je devais me situer, dans sa hiérarchie personnelle, quelque part entre le cafard mutant et l'occlusion intestinale.

J'avais connu pire.

Profitant de ce que Joseph s'était assoupi, je fis un saut dans une *bodega* qui perchait au coin de la rue et dont l'accorte patronne accepta de me composer une dînette à base de charcuterie, de fromages et de tapas.

En revenant, les bras chargés de victuailles, je repérai la Mercedes noire qui, depuis que nous avions quitté l'auberge après déjeuner, était restée scotchée dans mon rétroviseur, à distance raisonnable mais toujours bien visible.

Je ne savais pas qui étaient ces gens, ce qu'ils me voulaient, ni même si leur filature avait un rapport avec Joseph Hidalgo ou une vieille affaire mal enterrée. Dans mon métier, on se fait pas mal d'ennemis, des ennemis à la rancune tenace et ces dernières années, j'avais pas mal contribué, avec l'aide de ma fine équipe, à une réduction drastique du nombre de méchants à la surface du globe.

La seule certitude, c'était que la puissante berline allemande aux vitres fumées n'était pas conduite par un admirateur timide en quête d'autographe et que la probabilité qu'elle transportât son lot d'emmerdements était des plus élevée.

Ayant regagné l'appartement, je trouvai Joseph profondément endormi et ronflant comme un sonneur. Jugeant qu'à son âge, il avait davantage besoin de sommeil que de charcutaille bourrée de cholestérol, je le déchaussai délicatement, le couvris d'une légère courtepointe et restai un moment à le regarder dormir.

J'ai toujours été frappé par l'innocence quasiment enfantine qu'on peut lire sur le visage d'un dormeur : les rides s'estompent, les mille traces des souffrances et des soucis s'effacent et parfois un demi-sourire vient éclairer les traits détendus. Le pire des salauds semble retrouver son innocence perdue quand il est dans les bras de l'enfant d'Hypnos et de Nyx.

Après avoir regardé mon petit vieux une dernière fois, j'éteignis la lumière et quittai la chambre.

La fatigue de cette drôle de journée me tomba brutalement sur les épaules et, plus épuisé qu'affamé, je me contentai de grignoter avant de transbahuter, depuis le salon, un gros fauteuil en cuir que j'installai dans l'entrée, dans un angle mort situé derrière la porte.

Je m'y calai aussi confortablement que possible, étendis les jambes et du bout de mon Glock, j'appuyai sur l'interrupteur, plongeant la pièce dans des ténèbres quasi complètes.

Ma perception du monde étant quelque peu dilatée et déformée par la fatigue et la nervosité, il me sembla que le temps passait avec la lourde et inéluctable viscosité de la lave en fusion. J'étais sur le point de m'assoupir quand un cliquetis métallique émanant de la porte d'entrée me réveilla plus sûrement qu'un shoot d'adrénaline.

Le gars s'y connaissait en forçage de serrure et bientôt, l'huis pivota sur ses gonds bien huilés et, grâce à la faible lueur bleuâtre provenant du palier, je distinguai deux silhouettes qui pénétrèrent dans l'appartement avant de refermer derrière elles.

Il y eut soudain un genre de flash électrique, suivi d'un couinement étouffé et d'un bruit de chute un peu lourde. De la main gauche, tenant mon Taser, j'appuyai sur l'interrupteur de l'entrée, illuminant la pièce et les deux gars qui venaient me rendre une petite visite.

Le premier gisait sur le sol, agité de soubresauts dus aux deux millions de volts qui venaient de lui tétaniser tous les muscles du corps. Le second, saisi en plein mouvement par l'illumination inopinée des lieux, ressemblait à ces silhouettes découpées qu'on utilise dans les théâtres d'ombres ou les stands de tir de la foire du Trône.

Il arborait au coin de l'œil droit une larme tatouée qui pouvait signifier que c'était un tueur ou bien encore un gros mytho. Le SIG Sauer qui alourdissait sa main droite plaidait plutôt en faveur de la première hypothèse, mais on n'est jamais sûr de rien.

Une infime crispation de son corps, un changement quasiment subliminal de son langage corporel m'indiqua qu'il était sur le point de faire la plus grosse – et la dernière – connerie de sa pitoyable existence. D'un hochement de tête, je le lui déconseillai et après avoir lâché un gros soupir, il déposa délicatement son flingue sur le sol.

Je pus commencer à me détendre et je l'invitai à faire de même en essayant de blaguer.

— Le room-service n'est plus ce qu'il était.

Il prit un air idiot avant de me répondre dans un espagnol exécrable.

— *No entiendo francès…*

Je lui souris gentiment, m'avançai d'un pas et d'un large revers évoquant le noble geste du semeur, balançai mon flingue en travers de sa sale petite gueule de rongeur. Il trébucha en arrière et sa tête alla cogner contre le mur, tandis que son nez explosé ornait sa chemise blanche d'une magnifique tache écarlate façon Rorschach.

— Putain, tu m'as niqué le tarbouif, connard !

— Tes progrès linguistiques sont impressionnants. Tu veux que je t'en colle une autre pour vérifier si parfois tu causerais pas le mandarin ?

Son collègue que j'avais flashé commençait à sortir des vapes et manifesta son retour parmi nous à l'aide de quelques borborygmes inintelligibles. Je lui remis un petit coup de jus.

— C'est prophylactique. Comme disait ma mère : *si ça fait pas de bien, ça peut pas faire de mal.*

L'autre grogna d'un air mauvais.

— Si tu me touches avec ton Taser, je te tue.

— Erreur ! Très mauvaise évaluation de la situation. Si je te touche avec mon Taser, tu tombes par terre et tu te fais pipi dessus. Et en prime, tu te mangeras un coup de latte dans la gueule pour avoir été grossier.

Il s'apprêta à me répondre et à faire le malin, puis écoutant le fond de bon sens qui survivait en lui, se ravisa.

— C'est bien. Bon garçon. Alors ? Qu'est-ce que tu fous là ?

— Je cherchais une épicerie ouverte.

Un comique ! J'adore. Je lui offris donc mon plus beau sourire, celui qui désarme les mamies et les inspecteurs du Trésor. Puis je lui balançai dans l'entrejambe un de ces shoots qui, quand j'étais môme, me rendirent célèbres sur les stades du 93. Quand il se plia en deux, je le cueillis d'un coup de genou en pleine face. La prochaine fois qu'il aurait besoin de se moucher, il lui serait plus rapide de passer par l'oreille.

Je fis semblant d'appuyer sur un buzzer, comme dans les jeux télévisés.

— Biiiiiimmpp ! Mauvaise réponse.

Je sortis de ma poche un silencieux et le vissai ostensiblement sur le canon de mon Glock, lui donnant ainsi l'apparence d'un petit croiseur de guerre.

— Alors cher candidat, question rattrapage. Qu'est-ce que tu fous là ?

Mon interlocuteur était sans doute plus con qu'une pelle et ses valeurs morales et spirituelles devaient être proches de celles de l'ascaris lombricoïde, mais il fallait lui reconnaître une forme de courage que l'on ne trouve que chez les héros et les imbéciles, c'est-à-dire ces drôles d'humains qui n'ont pas assez d'imagination pour concevoir leur propre finitude. Il ricana.

— Tu me buteras pas. T'es pas un tueur…

— Tu as raison et d'autant plus que te tuer n'aurait aucun intérêt pour moi.

Et je lui tirai une balle dans le pied. Le gars cessa de ricaner et se tordit de douleur en essayant d'attraper son arpion en bouillie.

— Ahhhhh… ! Fils de pute ! Je vais te buter.

— C'est bien de se fixer des objectifs dans la vie…

Je m'accroupis près de lui et collai le bout de mon silencieux entre les jambes du truand qui se calma instantanément. On sous-estime grandement les vertus sédatives du risque de castration.

Je repris…

— Mais encore faut-il que ces objectifs soient réalistes… Pour l'instant, je te suggère de recentrer tes priorités sur la préservation de ton potentiel reproductif. Tu es d'accord ?

Il hocha la tête frénétiquement.

— Donc, pour la troisième et dernière fois, je te repose la question à mille euros : qu'est-ce que tu fous là ?

D'insolent, le voyou devint geignard.

— Si je parle, je suis mort.

En guise de rappel à la réalité immédiate, je lui donnai un petit coup de silencieux dans les joyeuses, le faisant sursauter.

— Tu vis trop dans l'avenir. C'est ton problème. Préoccupe-toi plutôt du présent. *Hic et nunc* ! Alors ?

— On devait se débarrasser de toi et embarquer le vieux.

— Pour quoi faire ?

— Aucune idée. C'est un gars que je connais à peine qui nous a embauchés pour ça. Je te jure. J'en sais pas plus.

— Tu l'as rencontré où, ce gars ?

— À Montpellier.

— Son nom ?

— S'il te plaît, non ! C'est un vrai malade. Il va me charcuter si je te balance son blase.

Je me redressai et lui balançai une balle dans l'autre pied. Il hurla et je lui chopai les cheveux à pleine main. Je collai le canon fumant contre sa joue, y occasionnant une jolie petite brûlure circulaire.

— La troisième sera dans la tête si tu ne parles pas.

— Marquez ! Manuel Marquez ! C'est un genre de caïd à Montpellier. Je n'en sais pas plus.

— Il était avec vous dans la bagnole ?

— Non. Il nous donne ses ordres par téléphone.

— Il y a d'autres gars en bas ?

— Oui. Trois. Dans une grosse Mercedes noire… Me bute pas… Steuplé…

Je sortis le Taser de ma poche et le transformai à son tour en guirlande de Noël. Il s'effondra : les gros méchants ne sont plus ce qu'ils étaient !

Je posai mon arsenal sur la tablette près de la porte et, saisissant mon portable, j'appelai Mono-Sourcil, le sympathique Ibère qui me prêtait l'appartement que je venais de transformer en stand de tir. Je lui signalai la présence d'invités surprises éparpillés sur la moquette et insistai sur la nécessité de faire le ménage, non sans m'excuser pour le dérangement.

Il réagit à tout cela avec un flegme blasé qui en disait long sur la nature habituelle de ses activités. Par contre, il insista beaucoup pour que je fasse savoir à Adélaïde qu'il s'était montré particulièrement serviable, réactif et efficace, qu'il le serait encore si nécessaire, et tout cela avec un grand plaisir bien sûr. On aurait cru un corniaud de la SPA plein du désir de plaire. Je ne sais pas quel genre de dette il avait contracté auprès d'Adélaïde ou quelle belle saloperie bien glauque encombrait sa conscience, mais il avait manifestement beaucoup à se faire pardonner.

Ayant fini de régler mes menus problèmes domestiques, je récupérai mon arsenal et j'allai réveiller Joseph. Je procédai avec douceur mais le vieil homme sursauta et se dressa sur le lit, les cheveux en bataille et le regard égaré.

— Joseph. Calmez-vous ! Tout va bien, mais… Il faut que nous déménagions pour finir la nuit…

Mes propos lénifiants semblèrent le calmer mais il ne m'en lança pas moins un regard suspicieux.

— Si tout va bien, pourquoi tenez-vous une arme ?

— Et bien… euh… comment dire ? J'ai entendu du bruit et… hum…

— Vous êtes mon fils ?

Comme dans un rodéo linguistique, ses changements de sujets me désarçonnaient à chaque fois et j'avais tout intérêt à rester concentré.

— Toujours pas, non. Mais il va nous falloir bouger assez rapidement…

— En pleine nuit ?

— Oui.

Il me regarda en silence pendant environ un siècle et demi puis hocha la tête et se redressa en position assise avant de faire péniblement basculer ses pieds sur la descente de lit. Je m'agenouillai et lui enfilai ses chaussures dont j'attachai les lacets en faisant un double nœud comme me l'a appris ma sainte femme de mère. Me redressant, je défroissai sommairement sa chemise et le coiffai de mes doigts écartés.

— Voilà ! Vous êtes tout beau ! On peut y aller !

— Vous parlez comme une pédale.

— Ne vous inquiétez pas ! Vous n'êtes pas mon genre !

Je l'aidai à se lever et, saisissant notre bagage, je le conduisis jusque dans l'entrée où, dans une flaque de sang, gisaient inanimés mes deux nouveaux camarades. Joseph se tourna vers moi.

— C'est qui, ces gars ?

— Si je vous dis que ce sont des admirateurs un peu trop insistants, vous me croirez ?

— Vous êtes vraiment timbré, vous savez.

— On me l'a souvent dit.

La réaction minimaliste du vieillard face à cette scène pour le moins choquante laissait à penser qu'il avait une certaine familiarité avec la violence. Mais ce n'était pas l'heure d'y réfléchir davantage.

Nous enjambâmes les deux corps avec précaution et je nous cornaquai jusque dans le hall de l'immeuble, où j'enjoignis à Joseph de se tenir tranquille.

— Vous allez m'attendre là.

— Vous allez où encore, à cette heure-là ?

— Mes deux admirateurs qui se reposent là-haut avaient amené quelques amis. J'aimerais assez aller les saluer.

— Putain de conneries ! Je veux dormir, moi !

— Attendez-moi là et on vous trouvera une chambre.

Il obtempéra en marmonnant je ne sais quoi à propos de mes ancêtres et de leur supposée capacité à se livrer à des actes auto-érotiques peu crédibles d'un strict point de vue physiologique.

J'entrouvris la lourde porte qui donnait sur la rue et je n'eus aucune difficulté à repérer la grosse bagnole noire qui nous avait collés au train une bonne partie de la journée. Je pouvais entendre son moteur tourner à bas régime : les passagers attendaient le retour des deux pieds nickelés pour démarrer au quart de tour. Ils allaient être déçus.

J'ouvris brutalement la porte cochère et courus vers la Mercedes en vidant mon chargeur dans la direction, très approximative, du moteur. Mon but n'était pas réellement de blesser qui que ce soit, mais plutôt de faire peur à mes poursuivants et je fus exaucé. Ils ne s'attendaient manifestement pas à ce qu'un dingue jaillisse en face d'eux, en pleine nuit, et se mette à les arroser de gros pruneaux mortels qui trouaient leur carrosserie. Arrachant le pare-chocs de la voiture la plus proche, la grosse Allemande décolla littéralement et disparut au bout de la rue non sans avoir failli m'écrabouiller au passage.

Ces mecs étaient des pros et allaient sans doute retrouver assez vite leur sang-froid. J'avais donc tout intérêt à tirer profit de l'effet de surprise pour mettre les voiles au plus vite. Je courus donc récupérer Joseph qui somnolait assis sur sa valise et le traînai vers la bagnole, garée un peu plus loin.

— Je veux dormir !

— On y va…

— Je veux faire pipi !

— Mais purée, alors faites-le ! Qui vous en empêche ?

Il me lança un regard où la honte et la haine se tiraient la bourre.

— Faut que vous m'aidiez ! Je peux plus pisser debout, moi. Je me casse la gueule une fois sur deux.

Je lâchai un énorme soupir exprimant toute la lassitude existentielle dont j'étais capable, et je suis capable d'une très grande lassitude existentielle.

— Joseph, l'honnêteté me commande de vous avouer que mes positions philosophiques sur l'euthanasie sont en train d'évoluer à grande vitesse.

— Fermez votre grande gueule et aidez-moi. Tenez-moi sous les aisselles.

Je suivis sa consigne en regardant ailleurs et quand il eut fini de se soulager entre deux bagnoles, il se mit à ricaner.

— Dans la baraque à vieux, je laissais les infirmières me secouer la dernière goutte, mais là, je préfère faire ça moi-même.

— Riche idée ! Votre espérance de vie vient de faire un bond prodigieux.

— Je comprends rien à ce que vous racontez !

— N'essayez même pas !

Je le poussai sans ménagement jusqu'à la voiture et le collai d'autorité sur la banquette arrière après avoir fourré la valise dans le coffre. L'idée m'avait effleuré d'y entasser également Joseph, mais on m'aurait accusé de maltraitance, alors j'optai pour un comportement plus conforme à l'esprit de la convention de Genève.

Quand on y pense, c'est fou le temps qu'on perd, pour des motifs purement diplomatiques, à manifester à des connards patentés des attentions et des égards que l'on n'accorde pas toujours à ceux qu'on aime ou qu'on estime.

Ce qu'on peut être con, parfois.

Souvent, même.

Toujours, à vrai dire.

Bref.

— On va où encore ? geignit-il quand je m'installai derrière le volant.

— Je ne sais pas, mais loin.

Je démarrai et nous nous enfonçâmes dans la nuit.

5

Quand je m'éveillai dans la voiture, perclus de douleurs et de courbatures, il me fallut quelques secondes avant de réaliser où je me trouvais. Les vitres, couvertes de rosée et de buée, ne laissaient rien deviner du paysage hormis cette lumière bleue teintée de rose, caractéristique du petit matin. Je fus secoué d'un petit frisson et de l'irrésistible envie de m'étirer, ce qui, dans une voiture, relève du vœu pieux à moins de mesurer moins d'un mètre quarante.

C'est alors que je réalisai que j'étais seul et que Joseph avait disparu.

Cela me réveilla plus sûrement qu'un shoot de caféine et je jaillis de la bagnole comme un jouet à ressort. Nous étions garés sur une aire de repos encore déserte à cette heure, et avant d'avoir réellement eu le temps de m'affoler, j'aperçus Joseph sortant de la cafétéria, un plateau à la main.

— Vous m'avez foutu une de ces trouilles ! J'ai cru que vous aviez disparu !

— Je suis allé chercher à manger puisque vous ne vous occupez de rien, balança-t-il d'un ton acide. Vous êtes un vrai branleur.

Ce gars pouvait être désagréable dès l'aube, à froid, sans mise en route. Un vrai talent. Moi, il me faut au moins deux cafés pour commencer à me montrer odieux.

Il posa le plateau sur le capot de la voiture et me tendit un gobelet de café au lait et un genre de croissant plein d'une crème pâtissière dont le beau jaune vif proclamait son caractère résolument industriel et définitivement chimique.

— C'est gentil. Mais vous avez payé comment au fait ?

— Je n'ai pas payé. J'ai dit que vous étiez un fils indigne et que vous refusiez de me nourrir. Ils ont eu pitié. Par contre, je vous déconseille d'entrer dans cette cafétéria si vous ne voulez pas vous faire casser la gueule.

— Pourquoi ?

— Je leur ai dit aussi que vous me battiez.

Je m'adossai à la portière, médusé par cet incroyable vieillard.

— Vous êtes vraiment un cas, Joseph.

Il haussa les épaules sans cesser de bouffer son croissant.

— Vous faisiez quoi au juste quand vous étiez jeune ? Je veux dire à part emmerdeur public…

— Qu'est-ce que ça peut vous foutre ? Vous voulez écrire ma biographie ?

Je préférai ne rien rétorquer et le vieillard s'éloigna de quelques pas, m'offrant le spectacle de son dos voûté. Après un long moment, il finit par répondre à ma question.

— J'étais commerçant, lâcha-t-il sans se retourner.

— Vous vendiez quoi ?

Il grogna, manifestement agacé par mes questions.

— Un peu de tout. Import-export comme on dit.

— Et en Algérie vous faisiez ça aussi ?

— Ça vous regarde ? Vous allez me casser les couilles encore longtemps avec votre interrogatoire ? On croirait un flic ! Un putain de flicard !

Il se retourna et me lança un regard furibond. Ce gars était vraiment aussi gracieux qu'une amibe et à peine plus plaisant qu'une crise d'hémorroïdes.

— Ne vous fâchez pas. Vous savez que ma famille est de là-bas aussi et j'aime bien quand on me raconte des histoires de ce temps-là. Je suis né en France, bien après l'indépendance, et je m'intéresse à mes racines. C'est normal, non ?

Il eut un sourire d'une tristesse incroyable.

— Mon fils s'en fout complètement. Ça ne l'a jamais intéressé.

— Je me souviens, quand j'étais môme, quand parfois il n'y avait vraiment rien de palpitant à la télé, mes parents se mettaient à raconter des anecdotes sur Oran, Alger… Ils mimaient les personnages, les scènes, et c'était d'une drôlerie ! On riait à en pleurer !

Joseph hocha la tête.

— Avec mon fils Pierre, on n'a jamais beaucoup ri. On ne s'est pas vu depuis longtemps mais je crois que, même à l'époque, je lui faisais déjà un peu honte.

— Honte ?

— Oui, honte. L'accent… Rire fort… Parler avec les mains. Quand il a grandi, il s'est mis à parler pointu, à faire des petits gestes de curé comme ces foutus francaouis.[7]

Il cracha par terre.

---

[7] *Terme péjoratif utilisé par les pieds-noirs d'origine espagnole pour désigner les Français de métropole.*

— J'ai même cru qu'il devenait pédé. Ou que ce n'était pas mon fils…

Il m'avait énervé avec ses propos racistes et homophobes que je ne connaissais que trop bien, sinon je ne lui aurais pas balancé ses quatre vérités.

— Votre fils m'a dit que vous étiez une véritable ordure et que vous maltraitiez votre famille.

Je m'attendais à ce qu'il explose mais il garda un silence songeur, les yeux fixés sur ses mains noueuses et flétries.

— Il a dit ça ? Il a peut-être raison après tout. Je ne m'en souviens pas. Il y a beaucoup de choses dont je ne me souviens pas.

Il se détourna et monta dans la voiture sans rien dire, à la place du mort.

Je restai là un bon moment, les bras ballants, à regarder ce foutu petit vieux qui m'inspirait des sentiments si contradictoires et je pensai soudain à mon père, cette énigme que j'avais tant aimée et qui, jusqu'au bout, était restée pour moi un sphinx, un sphinx qui ne parlait pas, ne posait pas de questions et pouvait passer des repas entiers à me scruter en silence, comme si j'étais la chose la plus étrange qu'il ait jamais vue. Je m'empressais alors de fixer mon attention sur autre chose avant de sombrer dans une de ces crises de déprime carabinée dont j'ai le secret et qui n'aurait sans doute pas amélioré mon niveau de performance.

Je sortis mon Smartphone et appelai Fred qui, à ma grande surprise, ne pionçait pas.

— Salut Fred ! Encore du boulot pour toi. Trouve-moi tout ce que tu peux sur un certain Manuel Marquez, un petit caïd de Montpellier. Un vrai méchant apparemment. Il me colle au train depuis un bon moment et ses gars ont essayé de me buter cette nuit.

— Merde ! Tu vas bien ?

— Moi, oui. Eux, moins !

Il rigola.

— À force de fréquenter Adélaïde, tu commences à devenir aussi flippante qu'elle.

— Je prends ça pour un compliment. D'ailleurs, demande-lui de me rejoindre à Nice. Je risque d'avoir besoin d'elle.

— OK. Quelque chose me dit que le taux de mortalité des Alpes-Maritimes risque de connaître une forte augmentation dans les jours à venir.

— J'espère bien que non. Et sinon, sur les Hidalgo père et fils ? Rien de neuf ?

— J'y travaille en ce moment même. J'ai besoin d'un peu de temps.

*

La Mercedes noire dont la carrosserie est ornée de plusieurs impacts de balles est garée devant une station-service. Une Porsche Cayenne, le véhicule préféré des blaireaux, lui fait face. Plusieurs gars baraqués, aux mines basses et patibulaires font les cent pas autour du véhicule tandis qu'un petit homme trapu, l'air aussi mauvais et dangereux qu'un coup-de-poing américain, gueule dans un Smartphone.

Manuel Marquez fait partie de ces individus qui sont à l'humanité ce qu'une cellule cancéreuse est à l'organisme : une mutation malheureuse, proliférante et mortelle ; une erreur de la nature que l'on ne saurait rectifier qu'en l'éliminant.

— Ce n'est pas toi qui te fais tirer dessus ou qui te tapes des centaines de bornes en bagnole, alors tes conseils, tu peux te les carrer dans le fion !

Il écoute ce que lui dit son interlocuteur mais brûle manifestement de lui répondre vertement.

— J'ai déjà perdu deux mecs. Je ne sais même pas ce qu'ils sont devenus. Disparus ! Effacés ! J'ai dû appeler des renforts mais maintenant, je ne sais même pas où aller.

La réponse semble le satisfaire car il se détend.

— OK. Je compte sur toi. Salut.

Il range son téléphone et retourne vers son équipe dont les membres le regardent d'un air inquiet. L'un d'entre eux se hasarde :

— Alors ?

— Je ne sais toujours pas où ils sont mais on devrait pouvoir m'envoyer des infos.

Un autre gars intervient. Sa tête ressemble à une grosse pomme de terre mal épluchée et ses yeux à deux trous de pisse dans la neige.

— Pourquoi on met pas une balise sur leur bagnole ? On pourrait savoir où ils sont comme ça...

Marquez s'approche de lui en souriant. Son sourire évoque une blessure au rasoir ou l'ondulation d'une vipère. Sans un mot, il empoigne les testicules de la pomme de terre et les lui écrase doucement, presque voluptueusement. La brute ouvre la bouche dans un immense cri silencieux avant de s'effondrer, replié sur lui-même.

— Le prochain qui me sort une connerie de ce genre, je lui fous les tripes à l'air. Et maintenant, on bouge.

*

Après avoir salué Fred, je raccrochai et, saisi d'une brusque inspiration, composai le numéro de la *señora* Aguilera. Elle répondit presque immédiatement.

— Bonjour. Ne raccrochez pas, c'est Thomas Fiera…

— Je vous avais dit de ne plus jamais me…

— Je n'ai qu'une question. Une seule question. Mais je vous demande une réponse honnête.

Il y eut dans le combiné un de ces silences peuplés de fantômes électroniques que connaissent tous les utilisateurs de téléphones.

— Que voulez-vous savoir ?

— Pierre Hidalgo m'a dit que vous aviez renvoyé son père parce qu'il se comportait comme un vieux satyre. Est-ce vrai ?

— Comment ? Mais c'est complètement faux ! Le malheureux a subi une lourde opération et… Enfin vous voyez, quoi !

— Alors qu'est-ce qui vous a rendue si pressée de le voir partir ?

— J'ai promis de ne rien dire.

Je tentai un coup pour voir.

— Auriez-vous reçu la visite de gens peu recommandables ?

— Mais je…

— Peut-être deux petits voyous français, parlant mal l'espagnol, l'un d'eux portant une larme tatouée au coin de l'œil ?

— Vous… vous les connaissez ?

— Disons que je les ai croisés et qu'ils ne feront plus de mal à personne avant bien longtemps.

La *señora* Aguilera lâcha un profond soupir.

— Ils sont venus plusieurs fois. Ils voulaient voir le *señor* Hidalgo. Ils ont été grossiers et même menaçants. Alors j'ai demandé à son fils de lui trouver un autre lieu de vie.

— Que voulaient-ils ?

— Je ne sais pas. Voir le vieil homme. C'est tout ce qu'ils m'ont dit.

On comprenait, à sa voix altérée, que les deux affreux avaient foutu la trouille de sa vie à la digne et compassée *señora* Aguilera.

— Et quand cette visite a-t-elle eu lieu ?

— Il y a une semaine environ.

Soit quelques jours à peine avant que Pierre Hidalgo fasse appel à mes services. Il était clair que l'homme d'affaires s'était payé ma tête. Mais pourquoi ?

Je remerciai la directrice de la maison de repos et l'ayant assurée que plus personne ne viendrait l'importuner à propos de cette embrouille, je raccrochai. Cette histoire puait d'avantage qu'un plein seau de coquillages oublié au soleil mais j'aurais été bien infoutu d'expliquer pourquoi.

Je sentis une présence dans mon dos. C'était Joseph.

— Tu as des soucis, fils ? À cause de moi ?

— Je ne suis pas votre…

Il me sourit gentiment. Un petit sourire en biais, si plein de douceur, de regrets et de tant d'autres sentiments mêlés que j'en eus le cœur chaviré. Il posa sa vieille main parcheminée sur mon avant-bras.

— Si tu as des problèmes par ma faute, j'en suis vraiment désolé. Je voudrais t'aider, fils, mais je ne sais pas quoi faire. C'est tellement confus.

— On va arranger ça, ne vous…

Perdu dans ses pensées chaotiques, il ne m'écoutait pas.

— Je me souviens de certaines choses mais il y a plein de trous. Parfois, j'ai comme des flashs mais je ne sais pas si ce sont de vrais souvenirs ou des images de vieux films. C'est comme si tout bougeait en permanence.

Je posai mes mains sur ses épaules en un geste d'apaisement.

— Vous avez besoin de vous reposer et…

Il repoussa mes mains d'un geste brusque, presque brutal.

— Arrête ! Laisse-moi parler tant que c'est encore à peu près clair. Je… je crois que j'ai fait des choses mauvaises. Des choses vraiment mauvaises.

— Pendant la guerre d'Algérie ?

Il hocha la tête qu'il prit entre ses mains.

— Oui… je… mais… Je crois que je ne suis pas moi. Je suis peut-être quelqu'un d'autre. Tu comprends ?

— Non.

— Je veux dire que… Je suis là, avec toi, je suis là. Mais je suis aussi ailleurs, quelqu'un d'autre… Je suis si fatigué.

Il vacilla.

— Il faut vous reposer maintenant. Je vais trouver un endroit où vous pourrez dormir plus confortablement. D'accord ?

Joseph paraissait soudain avoir mille ans et je m'attendais presque à le voir tomber en poussière sous mes yeux, comme Dracula ou Dorian Gray. Il sourit malgré tout.

— Merci, fils, tu es gentil. Ramène-moi, s'il te plaît.

Il posa sa main sur mon bras et se laissa guider jusqu'à la voiture où je l'installai sur la banquette arrière et le recouvris d'un plaid.

— Dormez un peu maintenant.

À peine avais-je terminé ma phrase qu'il ronflait déjà. J'attendis un petit moment et quand je fus certain qu'il dormait profondément, je pris dans ma valise un bloc-notes et un stylo-plume dont je retirai la cartouche d'encre. Muni de ce matériel de petit détective amateur, je relevai très délicatement les empreintes de Joseph avant de les scanner et de les envoyer à mon *geek* préféré que j'appelai dans la foulée :

— Fred, je viens de te balancer les empreintes digitales de Joseph. Ça devrait t'aider à l'identifier.

— La vache ! Tu as fait ça comment ?

— Pendant qu'il dormait.

Il y eut un petit silence.

— Tu es quand même un peu spécial comme mec. Un vrai flic en fait.

— Je t'autorise à garder pour toi tes opinions et à t'en servir comme lavement. Et Marquez ?

— C'est un petit marlou reconverti dans la limonade. Il a un bar à Montpellier mais trempe manifestement dans des tas de petites combines. C'est pas une pointure mais il a la réputation d'un mec méchant et dangereux. Un caractériel. C'est un pied-noir lui aussi.

— À Montpellier c'est banal.

— Oui, sauf que sa famille vient d'Oran comme celle de Pierre Hidalgo et qu'il était à l'école avec ton client.

— Tu déconnes ?

— Pas du tout. La famille Hidalgo a vécu à Montpellier et Pierre y a passé toute son enfance. Ce n'est qu'après le bac qu'il est monté faire ses études à Paris.

— Et il était dans la même école que Marquez ?

— Dans la même classe et les deux familles habitaient dans le même immeuble.

Je fus envahi par une bouffée de colère qui me fit, littéralement, grincer des dents.

— Purée ! Ce gars m'a vraiment pris pour une buse. Je vais avoir une claire et franche discussion avec ce merdeux.

Fred gloussa. Il glousse toujours quand des personnes – autres que lui-même – risquent de se foutre copieusement sur la gueule. Ça l'amuse. J'y vois le résultat d'une désastreuse enfance américaine – Fred est américain – tout entière passée à se bourrer de pop-corn en matant des retransmissions de catch ou de football américain.

Mais peut-être n'est-ce que du sadisme ?

Ou seulement de la connerie ?

Avec Fred, c'est un peu difficile à dire. C'est un génie et la plupart des génies sont complètement cons quand leur intelligence fait relâche.

Bref, il gloussa et gloussa derechef.

— Et tu penses pouvoir régler tes problèmes par téléphone avec le fils Hidalgo ?

— Non. C'est pour ça que je change mes plans. Je remonte à Paris.

— Avec le vieux ?

— Ben oui avec le vieux. Je ne vais quand même pas l'abandonner sur une aire d'autoroute, attaché à un arbre.

— OK. T'énerve pas.

— Je ne m'énerve pas – ce qui pourrait laisser penser à un processus en cours – je suis déjà énervé ! Excédé ! Horripilé ! Hors de moi !

— J'ai compris. Je voulais juste te dire que si tu veux voir le fils Hidalgo, c'est pas la peine de venir à Paris puisqu'il n'y est pas.

Je ne suis pas très calé en théologie, mais j'estime qu'une conversation avec Fred équivaut à un bon paquet d'indulgences plénières et doit vous permettre d'économiser quelques siècles de purgatoire.

— Tu pourrais aller droit au but ?

— J'ai tracé son mobile et il est à Lyon.

Si Fred est un as en nouvelles technologies, je suis en revanche une vraie tanche dans ce domaine et tout en jouant au blasé face à un ordinateur, j'en suis encore réduit à m'extasier secrètement devant une montre à quartz ou une simple calculette. À vrai dire, j'ai renoncé à comprendre tout engin plus sophistiqué qu'un épluche-patates.

— Tu as tracé son mobile ?

— Pfff. Il suffit de…

Je le coupai avant qu'il ne m'embarque dans une explication technique aussi soûlante qu'incompréhensible.

— C'est bon ! La façon dont tu t'y prends, je m'en fous. Ce qui m'intéresse c'est le résultat. Et tu peux le localiser avec quelle précision ?

— Un mètre cinquante, ça te va ?

J'étais bluffé.

— On va dire que oui. Comme ça, à un mètre cinquante près je n'aurai qu'un pas à faire pour lui en coller une, si nécessaire. Et il est où, ce con ?

— À Lyon, je viens de te le dire. Probablement dans un palace de la Tête d'Or, si j'en crois Google Maps.

— OK ! Tu es le meilleur ! Préviens Adélaïde de me rejoindre là-bas. Je lui préciserai le lieu de rendez-vous plus tard.

Nous raccrochâmes et je restai un moment à regarder passer les véhicules tout en pensant à autre chose. J'avais beau retourner le problème dans tous les sens, je n'arrivais pas à comprendre quelle pouvait bien être la motivation de Pierre Hidalgo. Et s'il n'était pour rien dans tout ce bazar, quel secret possédait-il susceptible d'intéresser Marquez ? À moins qu'il ne s'agisse d'une banale affaire d'enlèvement : l'ancien ami d'enfance devenu voyou qui aurait projeté de kidnapper le père du milliardaire pour lui soutirer une rançon ? Mais en ce cas, pourquoi mon client m'aurait-il menti ?

Mes pensées tournaient inutilement en rond, alors je montai dans la voiture et, après avoir vérifié que Joseph dormait toujours, je repris la route.

Nous n'étions plus très loin de Nîmes et au lieu de bifurquer vers l'A54 qui nous aurait conduits vers Marseille et, au-delà, à Nice, je continuai à suivre l'A9 qui me mènerait à Orange où je récupérerais l'A7 qui filait droit vers Lyon. Plus que deux cent cinquante kilomètres et un peu moins de trois heures de route si tout allait bien.

Si tout allait bien…

Quand on connaît ma vie, on se demande comment je peux encore oser proférer des phrases d'une telle stupidité naïve !

Quoi qu'il en soit, c'est ce moment que choisit Joseph pour se rappeler à mon bon souvenir en me hurlant dans l'oreille :

— Vous vous êtes trompé ! Vous êtes sur la mauvaise route ! Il faut tourner à droite ! Vers Marseille !

Ce vieux con m'avait tellement fait peur que la bagnole fit une embardée qui faillit bien nous envoyer dans le décor.

— Vous êtes dingue de me faire sursauter comme ça ! On aurait pu se tuer !

— Cette route ne va pas à Nice !

— Ne vous inquiétez pas, juste un changement de programme.

En se tortillant comme un beau diable, il escalada les sièges et parvint, non sans m'avoir fichu un coup de pied en pleine figure, à s'installer à côté de moi.

— C'est quoi, ces conneries ? Mon fils est à Nice.

Il fit descendre sa vitre et, se penchant à la portière, se mit à hurler :

— Au secours ! C'est un kidnapping ! À l'aide !

— Vous êtes en train de causer avec la rambarde de sécurité ! Ça m'étonnerait qu'elle vous réponde !

Il remonta sa vitre d'un geste rageur et se mit à pester.

— Putain, Fiera ! Faut toujours que vous me fassiez chier !

Il cracha par la fenêtre et, réalisant qu'il avait fermé celle-ci, il regarda d'un air accablé son mollard qui dégoulinait sur la vitre.

— Et merde, marmonna-t-il en l'essuyant maladroitement avec sa manche.

— Calmez-vous ! Tout va bien !

— Tu fais chier ! Tu es aussi con et arrogant que ton père ! J'aurais dû le buter !

Je braquai le volant, traversai deux voies à la sauvage, sans même un coup d'œil dans le rétroviseur et me garai en catastrophe, sur la bande d'arrêt d'urgence, dans un grand crissement de pneus et de graviers. J'arrachai ma ceinture, quittai la voiture et ayant fait le tour de celle-ci et ouvert assez brutalement la portière passager, j'extirpai Joseph du véhicule avec moins de ménagement que s'il se fut agi d'un bulot un peu récalcitrant.

Je le secouai comme une machine à sous.

Le vieillard couina.

— Arrêtez ! Vous me faites mal !

— Je vais vous faire beaucoup plus mal si vous ne vous expliquez pas tout de suite !

— Mais expliquer quoi ? Je ne comprends rien. Vous me faites peur.

Et il se mit à pleurnicher. Je me sentis aussi minable que le gars qui aurait maltraité un chiot et je le lâchai en marmonnant une vague excuse.

— Vous avez parlé de mon père ! Vous le connaissiez ?

Il me lança un regard par en dessous, un sale regard trouble où la folie, le mensonge et l'égarement semblaient en compétition. Un regard que je devais revoir souvent durant mon voyage avec Joseph.

— Je ne sais pas… ne sais plus… peut-être mais… je… je suis si…

— Fatigué ! Je sais. Vous êtes fatigué. C'est toujours ce que vous dites quand un truc vous met mal à l'aise.

— Mais c'est vrai, je…

Je me remis à hurler.

— Ça suffit, vous m'entendez ? Ça suffit ! Répondez-moi !

Il me lança un regard pitoyable qui aurait foutu au chômage tous les jolis petits personnages pathétiques de Disney, qui savent si bien émouvoir les foules avec leurs grands yeux débordant de larmes.

— J'ai fait pipi, murmura-t-il en rougissant.

Ça mit une fin brutale à ma colère.

— Quoi ?

— J'ai fait pipi.

— Et merde !

— Non, juste pipi.

Je ne suis pas sûr que la miction intempestive soit référencée dans les manuels de rhétorique pour les nuls, mais elle mériterait de l'être tant elle constitue une méthode efficace pour couper court à un interrogatoire.

Je fouillai donc dans les bagages de Joseph pour lui trouver des vêtements propres et l'ayant accompagné dans un buisson, je l'aidai à s'essuyer avec des lingettes et à se rhabiller.

Quand nous regagnâmes la voiture, Joseph posa sa main sur mon bras dans un geste d'apaisement.

— Merci de m'avoir aidé. Je suis désolé.

— Ça arrive, répondis-je, les dents serrées et d'un air pas aimable.

— Vous êtes fâché ?

— Non.

— Si ! Je vois bien que si ! Je comprends, remarquez. C'est dégoûtant.

Ses geignements plaintifs commençaient à me gaver.

— Mais je m'en tape de vos problèmes de prostate ! Allez-y ! Pissez partout ! Je m'en bats l'œil. Vous pouvez chier sur l'autoroute aussi ! Je m'en cogne ! C'est pas le problème.

— Alors c'est quoi, le problème ?

— C'est mon père ! Vous avez parlé de mon père, tout à l'heure. Je veux savoir pourquoi !

Il me lança un regard totalement égaré. Ses yeux se mirent soudain à flotter, comme une roue qui tangue avant de se détacher de l'essieu.

— Votre… votre père ?

— Oui, mon père ! Pablo Fiera !

— Je ne… je ne connais pas votre père… je ne…

— Mais putain de merde ! C'est vous ! Vous ! Qui en avez parlé tout à l'heure !

J'aurais pu l'étrangler ! Là ! Tout de suite ! Sans l'ombre d'une hésitation ! Alors je m'éloignai à grands pas, donnant des coups de pied rageurs dans les cailloux et les touffes d'herbe. Je pivotai, revins vers lui rapidement et lui collai mon index sous le nez :

— Je… vous… je vais… je pourrais… vous mériteriez que… et merde !

Ma colère retomba subitement, comme une voile qu'on affale et, tournant le dos à Joseph, j'allai me planter au bord de la route, les mains dans les poches et le regard perdu au loin. Il me rejoignit en trottinant.

— Vraiment, je suis désolé…

— C'est bon, ça va ! Arrêtez d'être désolé ! On croirait une pleureuse !

Il se planta à côté de moi, les mains dans les poches et nous restâmes ainsi à regarder passer les voitures comme deux foutues vaches au pré.

Il toussota.

— Et maintenant, on fait quoi ?

— On va toujours à Lyon. Je veux parler à votre fils.

— Et après, on ira où ?

Je lui jetai un coup d'œil en coin. Il me regardait comme un gamin à qui on a promis une visite à la fête foraine.

— On ira… je ne sais pas où on ira !

6

J'avais décidé de quitter l'autoroute et de prendre le chemin des écoliers, comme on dit. La région était belle, le temps clément et les villages que nous traversions étaient plus agréables à l'œil que le long et rectiligne couloir bétonné de l'A9.

Je dois admettre que mes motivations n'étaient pas qu'esthétiques et paysagères et que j'espérais, en prenant un peu plus de temps et en étant un peu moins concentré sur la conduite, que Joseph finirait par cracher le morceau sur mon père. Le mystère concernant les relations entre mon richissime client et Marquez, son voyou de copain, me semblait soudain très secondaire à côté de l'énigme Pablo Fiera.

Il y avait en Algérie pas loin d'un million et demi d'Européens, les fameux pieds-noirs, et le monde a beau être petit, la probabilité pour que ce soit le hasard qui ait réuni tous ces gens dans la même affaire était proche du néant absolu.

De plus, Joseph ne s'était pas contenté de connaître mon père, de boire des anisettes avec lui ou de taper le carton. Il avait lâché, énervé : *J'aurais dû le buter ! Le buter !* C'est pas courant, ça ! Ça nécessite un peu plus qu'une relation superficielle : il faut avoir beaucoup aimé ou beaucoup détesté quelqu'un pour regretter de ne pas l'avoir tué quand l'occasion se présentait.

Je voulais savoir quel était le lien qui unissait Joseph à mon père et ce que ce lien pourrait m'apprendre sur Pablo Fiera, ce grand taiseux mélancolique que je connaissais si mal et qui, outre une montre cassée et quelques vieux livres en latin, m'avait légué des idéaux romantiques d'un autre âge, une légère neurasthénie, un intérêt suspect pour le suicide ainsi qu'une forte propension à ouvrir ma gueule quand j'aurais mieux fait de la fermer.

J'avais fait quelques emplettes à Lapalud, un joli village au nord d'Orange, et, m'engageant dans des petits chemins improbables, je nous avais déniché un bon coin à pique-nique où nous nous étions installés pour casser la croûte à l'ombre des pins.

Nous avions fini de manger et je m'étirai en bâillant.

— C'est con mais j'ai toujours adoré pique-niquer.

— C'est effectivement très con.

— Purée, Joseph ! Vous êtes une vraie purge !

— Ben quoi ? On est assis là, comme deux *bobos*,[8] le cul dans l'herbe, à bouffer des sandwiches aux fourmis et à boire de la bière tiède quand on pourrait être dans un restaurant à mater le cul de la serveuse.

Je lui montrai le paysage.

— Mais c'est beau, non ?

— Beau ? Des arbres à la con et des collines toutes pelées ? Y a même pas la mer ! Et puis je me gèle le cul avec cette humidité.

[8] *Mot espagnol : idiot, niais, simplet...*

Quand je pense que j'avais la réputation – assez fondée, je l'avoue – d'être un chieur atrabilaire ! À côté de ce gars, je me faisais l'effet d'être le mahatma Gandhi.

— Vous êtes un mec vraiment bizarre ! Parfois, vous êtes un gentil grand-père attendrissant et l'instant d'après, vous devenez un parfait connard, une publicité vivante pour la maltraitance et l'euthanasie. C'est qui, le vrai Joseph ? Le gentil papy ou le méchant connard ?

— Peut-être aucun des deux.

Il y eut un long silence que les cigales et leur crincrin obsessionnel s'empressèrent de meubler. On percevait, au loin, la rumeur de la route.

— Vous me rappelez un peu mon père. Un mec bien mais pas très commode. Pas facile à approcher ou à déchiffrer. Je ne suis pas certain que l'on ait échangé plus de cent phrases complètes durant toute mon enfance.

— Ça devait le déprimer d'avoir pour fils un crétin comme vous.

Nouveau silence que je rompis plus rapidement.

— J'aurais bien aimé vous connaître quand vous étiez jeune.

— Ah bon ? Pourquoi ?

— Pour pouvoir vous casser la gueule.

Joseph éclata de rire. Un rire amer et plein d'aigreur.

— Je ne sais pas si vous auriez réussi à me casser la gueule – j'en doute à vrai dire – mais ce qui est sûr, c'est que vous n'auriez pas gagné grand-chose à me connaître.

— Aujourd'hui en tout cas, il semblerait que des tas de gens brûlent de vous connaître. Ils en meurent littéralement d'envie, même.

Le visage du vieillard se ferma plus hermétiquement que le cul d'une bigote.

— Je ne sais pas de quoi vous parlez.

— Les deux gars d'hier soir, à Barcelone, ils n'étaient pas là pour le compteur à gaz. Et ceux qui nous avaient suivis non plus.

— Des voyous ! Ou d'anciens clients à vous… Qu'est-ce que j'en sais ?

— Je crois, moi, que vous en savez beaucoup plus que ça. Vous détenez un secret qui semble intéresser beaucoup de monde.

— Un secret ? Un vieux saligaud comme moi ? N'importe quoi !

Je commençai à rassembler les reliefs de notre repas pour ne pas saloper ce petit coin de nature et ne laissai aux fourmis que ce qui était rigoureusement comestible. Joseph ne leva pas le petit doigt pour m'aider. Il me regardait d'un air mauvais et méprisant.

— Purée ! Une vraie gonzesse ! C'est drôle mais les mecs de gauche comme vous, vous avez toujours un petit côté pédé…

— Qui vous dit que je suis de gauche ?

— Ça se voit : il y a chez vous un truc mou et gentil, même si vous jouez au dur. Le côté pédale dont je vous parlais.

Je ne relevai pas et quand j'eus terminé de m'affairer, je m'assis près de lui.

— Vous savez, Joseph, si votre mémoire fout le camp, c'est peut-être l'occasion pour vous de devenir quelqu'un d'autre, d'effacer le passé, d'effacer l'ardoise.

— Le passé ne s'efface pas. Ce sont les souvenirs qui s'effacent et après, c'est nous qui nous effaçons.

— Je ne sais pas. Peut-être le passé est-il comme ces parchemins que les moines effaçaient pour pouvoir réécrire dessus.

— Des palimpsestes…

— Vous connaissez ce mot-là ?

Ce gars n'avait pas fini de me surprendre.

— Vous me prenez vraiment pour un crétin, c'est ça ?

J'allais lui répondre quand mon téléphone sonna. C'était Pierre Hidalgo. Je me relevai et m'éloignai de quelques pas.

— Fiera…

— Bonjour, monsieur Fiera. C'est Pierre Hidalgo. Je venais aux nouvelles. Vous êtes où exactement ?

— Nous sommes sur la route. Nous nous étions arrêtés avec votre père pour pique-niquer.

— Je me doute bien que vous êtes sur la route, mais vous êtes où précisément ?

Je n'hésitai pas longtemps avant de mentir.

— Près de Marseille. Encore deux ou trois heures de route avant d'arriver à Nice. Je vous préviendrai dès que nous serons à la maison de retraite.

Il y eut un silence au bout du fil et soudain, mon client eut un genre de rire complètement faux.

— Très bien ! Parfait ! Alors bonne route !

Il coupa la communication et Joseph, qui s'était levé et m'avait rejoint, m'attrapa le bras.

— Mais je ne comprends pas ! Je croyais qu'on allait à Lyon et vous venez de dire que…

— C'est une petite blague ! On va faire la surprise à votre fils ! Il sera bien content de vous voir.

Il eut une moue sceptique mais ne répondit rien. Il se prit la tête à deux mains.

— Tout ça me fatigue ! Je suis si… Je… J'ai la tête qui tourne.

Je le pris par le bras.

— Allez, venez. Vous dormirez dans la voiture. Nous sommes presque arrivés maintenant.

Il hocha la tête et se laissa conduire sans rien dire comme un petit garçon épuisé après une trop longue journée d'école.

Quand nous arrivâmes près du chemin où j'avais garé la voiture, j'aperçus une ravissante jeune femme qui, les bras croisés sur la poitrine, était nonchalamment assise sur le coffre à bagages. Brune, bronzée, les cheveux joliment frisés, elle portait un débardeur qui laissait deviner ses tétons, un short en jean ultracourt qui ne cachait pas grand-chose et de gros godillots de marche. En nous voyant, elle eut un grand sourire qui la rendit encore plus mignonne qu'elle n'était.

— Bonjour ! Je n'ai pas voulu vous déranger pendant que vous pique-niquiez alors j'ai mis mon sac à dos dans votre malle arrière. Vous allez bien à Lyon ?

Elle avait débité ça à toute vitesse, sans cesser de sourire et en tirant bien sur ses épaules, histoire de mettre en valeur ses jolis petits nichons entre lesquels glissait une goutte de sueur indiscrète.

Elle me tendit la main avec une crispation zygomatique digne d'un marchand de bagnoles chevronné.

— Leïla Abdelmalek ! Enchantée.

J'écartai sa main tendue.

— J'ai déjà vu des gens gonflés, mais vous battez des records.

Joseph mit son grain de sel, toujours élégant et plein de tact :

— C'est qui, cette pouffiasse ?

— Un mirage. Un simple mirage qui va disparaître et qui a le choix entre virer son bagage de mon coffre ou se faire botter le cul.

Le sourire commercial n'ayant pas fonctionné, la gamine essaya la moue enfantine et boudeuse. Malheureusement pour elle, elle avait dû prendre des cours d'expression faciale en matant des films porno, et le résultat était modérément convaincant.

— Allez ! Soyez sympa !

— Vous trouvez vraiment que j'ai l'air sympa ? demandai-je en ouvrant le coffre et en y pêchant un vieux sac à dos crasseux que je balançai à ses pieds.

D'un geste vif, elle le ramassa et le jeta à nouveau dans la malle arrière.

— Allez ! S'il vous plaît.

Devant mon air inflexible, elle se tourna vers Joseph.

— Allez, grand-père ! Je suis sûre que vous êtes gentil. Dites à votre fils d'accepter !

J'éclatai de rire.

— Lui, gentil ? Il est pire que moi !

— Et de toute façon ce connard n'est pas mon fils !

Je désignai le sac à dos à la jeune femme.

— Allez ! Assez discuté, vous attrapez votre merdier et vous ripez, vite fait.

Elle tapa du pied d'un air rageur et se pencha pour attraper son barda, non sans exhiber sa chute de reins, une remarquable absence de sous-vêtements et la naissance de ses fesses qu'elle avait spirituelles et rebondies. Joseph s'approcha et me souffla à mi-voix.

— Tu as bien fait. Je pense que c'est une crouille.[9] Voleur et compagnie !

Je n'en croyais pas mes oreilles.

— Pardon ? Vous avez dit quoi ?

— C'est une fatma ! Une bougnoule ! Elle serait bien capable de nous égorger… On les connaît…

On les connaît.

Combien de fois avais-je pu entendre cette phrase dans la bouche d'un membre de mon abondante parentèle pied-noire ?

On les connaît, ça signifiait : *On n'est pas raciste et si on traite les Arabes de violeurs, de voleurs, de glandeurs et d'égorgeurs, c'est uniquement parce que nous possédons à leur sujet une connaissance objective et factuelle que vous, petits branleurs gauchistes, idéalistes et rêveurs ne possédez pas.* En gros et en substance.

Quand j'avais dix-sept ans, j'avais essayé d'argumenter, de donner un million de contre-exemples, et toujours cette phrase, assenée avec un sourire condescendant et sûr de lui-même : *On les connaît.* J'aurais pu les massacrer à coups de masse pour effacer ce sourire arrogant et stupide de la face de mes cousins.

C'est mon père qui m'avait calmé.

---

[9] *Terme injurieux désignant les Maghrébins.*

— Les pauvres ont toujours besoin d'un plus pauvre qu'eux, m'avait-il expliqué. Tous ces traîne-misère venus en Algérie parce qu'ils crevaient de faim dans leurs pays d'origine, Espagne ou Italie pour l'essentiel, ont trouvé une forme de promotion sociale dans le fait que les Arabes étaient moins bien lotis qu'eux. Comme les petits Blancs de Louisiane avaient besoin de la misère des Noirs pour exister, le petit peuple pied-noir avait besoin de la colonisation pour affirmer une supériorité imaginaire.

On les connaît...

La charge de violence et de mépris contenue dans cette phrase m'avait toujours suffoqué et je pouvais constater, bien des années après mon adolescence, qu'elle produisait toujours le même effet.

J'attrapai le sac à dos de l'auto-stoppeuse et le balançai dans la malle arrière.

— Allez ! Grimpez dans la bagnole, j'ai changé d'avis.

La jeune femme me regarda en hésitant.

— Et pourquoi ?

— Parce que vous me servirez de témoin à décharge si jamais j'étrangle ce vieux con raciste. Allez ! Montez devant !

— Et moi ? s'indigna Joseph.

— Vous préférez le coffre ou la banquette arrière ?

Le visage du vieillard se crispa, furieux de mon comportement et furieux de ne plus être en mesure de me foutre une rouste pour mon insolence. Très digne, il passa devant moi sans un mot, ouvrit la portière et alla s'installer à l'arrière de la voiture.

Nous roulions depuis quelques minutes et l'ambiance qui régnait dans l'habitacle évoquait un peu celle des Balkans en 1914. Je me tournai vers ma passagère.

— C'est quoi déjà, votre nom ?

— Leïla. Leïla Abdelmalek.

— Abdelmalek… Le serviteur du Roi, c'est ça ?

— Vous parlez l'arabe ?

— Quelques mots, par-ci, par-là. Toujours voulu apprendre, jamais eu le temps. Bon. Sinon, je vous dépose à l'entrée de Lyon et après, vous vous démerdez.

— C'est vraiment super parce que…

— Je m'en fous de votre vie. Vous allez à Lyon, je vais à Lyon, je vous dépose… Point barre. Ne vous sentez pas tenue de me faire la conversation.

Elle bafouilla un vague assentiment et nous continuâmes la route en silence dans une voiture bourrée à craquer de non-dits, de colère et de ressentiments. À un moment, nous fûmes dépassés par une voiture rouge dont les fenêtres ouvertes laissaient s'échapper une musique entraînante que les passagers – des parents et leurs trois jeunes enfants – accompagnaient en beuglant à tue-tête. Le spectacle de cette famille heureuse et insouciante, manifestement plus douée pour le bonheur que je ne le serais jamais, dissipa ma colère tout en y injectant une goutte de mélancolie.

Je me tournai vers Leïla.

— Bon. J'arrête de faire la gueule. Je ne suis pas très doué pour ça, en fait.

— Ah bon. Je vous avais trouvé assez convaincant pourtant.

Vlan ! Prends-toi ça dans les gencives ! Mais je devais admettre que je l'avais cherché. Je lui souris.

— Bon… Disons que ça m'ennuie vite.

— Bah… Je dois admettre que j'ai un peu abusé.

Une voix aigre nous parvint depuis la banquette arrière.

— Ça, c'est dans les gènes. On a l'habitude. On vous connaît…

Je me tournai vers Leïla.

— Ne faites pas attention au vieux gâteux. Il n'a pas encore fini de digérer les accords d'Évian.

— Et… euh… c'est votre père ?

— Ça me ferait mal ! C'est juste un colis que je transporte…

— Le colis, il t'emmerde ! hurla Joseph en passant subitement sa tête entre les sièges, me faisant sursauter.

— Mais vous êtes dingue ! Vous allez finir par nous tuer !

— Et alors, *cara de mierda ?* [10] Je dois me laisser insulter parce que tu fais le joli cœur devant une fatma ?

— Écoutez, Joseph…

— Je n'écoute rien ! Tu n'es qu'un connard amoureux des bougnoules ! Comme ton père !

Une fois de plus, je braquai brutalement, freinai des quatre fers et nous garai sur le bas-côté.

Je me tournai vers Leïla, un sourire crispé, collé sur le visage.

— Vous m'excusez ? J'ai un truc à voir avec le colis.

---

[10] Face de merde, *en espagnol.*

Je quittai le véhicule et, ayant ouvert sa portière, je saisis Joseph par un bras et le traînai sans ménagement jusque derrière un immense panneau publicitaire qui, une cinquantaine de mètres plus loin, vantait les mérites d'un laxatif bio. Je n'en avais pas l'usage : avec Joseph, j'étais déjà plus que servi.

Je le collai brutalement contre un des tasseaux et sortis mon Glock que je le lui fourrai sous le pif.

— Alors maintenant, Joseph, tu laisses tomber ton numéro de zombie et tu vas t'expliquer ! Ça fait la troisième fois que tu parles de mon père ! Alors ? Tu es qui ? Comment connais-tu mon père ? Allez ! Fissa !

— Mais je te jure que…

Je commençai à lui hurler dessus :

— Arrête de te foutre de ma gueule ! Tu parles comme ces fils de pute de l'OAS[11] et mon père ne pouvait pas sacquer ces gars-là… Alors explique-toi !

— Je te jure ! J'ai des flashs et puis des trous et puis des flashs à nouveau. Je sais juste que j'ai connu ton père… Enfin je crois… Et il était communiste et copain avec les Arabes et…

— Et ?

— Et je ne sais plus…

— Je ne te crois pas ! hurlai-je.

— Alors vas-y ! Flingue-moi ! Ça me soulagerait ! Je ne sais même plus qui je suis ! J'oublie tout, je me pisse dessus et la moitié du temps, je ne sais même pas où je me trouve.

---

[11] *Organisation Armée Secrète. Mouvement clandestin, raciste et ultra-nationaliste, opposé à l'indépendance de l'Algérie et qui évolua vers le terrorisme et le banditisme.*

Il attrapa ma main droite avec une poigne étonnante et m'obligea à coller le canon de mon flingue contre sa tempe.

— Vas-y ! Fais une bonne action ! Fais ce que je n'ai jamais eu le courage de faire !

Je soupirai et toute mon agressivité et ma colère me quittèrent d'un seul coup.

— Qui êtes-vous, Joseph ? Qui êtes-vous vraiment ? J'ai fait des recherches : Joseph Hidalgo n'existe pas ou plutôt, il a existé, naguère. Quelques heures. C'était un petit garçon mort à la naissance. Alors vous ? Vous êtes qui ?

Joseph pencha la tête en arrière, contre le panneau publicitaire. Il offrait sa gorge comme si, inversant le mythe biblique, c'était le vieil Abraham qui attendait d'être égorgé par son fils Isaac. Des larmes coulaient sur ses joues parcheminées.

— Je ne sais plus. Je ne sais vraiment plus. Et les quelques souvenirs qui me reviennent parfois ne me donnent pas envie de savoir.

— Vous ne pouvez pas avoir tout oublié ! C'est impossible !

— Cela fait longtemps que j'ai tout perdu : mon pays, mon honneur, mon fils… Pourquoi pas mes souvenirs ?

C'est fou comme ce gars pouvait me faire passer instantanément de la compassion au désir de meurtre !

— Mais c'est des conneries tout ça ! Du pathos à deux balles !

Il se redressa, me foudroyant d'un regard de prédateur.

— Tu verras ! Tu vieilliras, toi aussi ! Ta vie s'évaporera ! Tu ne seras plus rien ! Plus personne !

Tu ne seras plus qu'un vieux ! Plus qu'un… colis !

Nous restâmes ainsi face à face durant au moins deux épisodes glaciaires et puis la tension retomba et je lui tapotai l'épaule.

— Allez, on y va. La môme va s'inquiéter.

— Si elle n'a pas déjà volé la voiture. On les connaît…

— Joseph…

Nous repartîmes vers la voiture, moi ralentissant mon pas et Joseph s'appuyant sur mon bras, sans même le demander, comme si cela allait de soi.

Ce qui n'allait pas de soi en revanche, c'était l'Audi gris métallisé garée près de notre bagnole et les deux petites frappes qui tenaient compagnie à Leïla. Arborant des coiffures improbables de footballeurs professionnels et des tenues *streetwear* amoureusement repassées par maman, ils voulaient faire croire qu'ils sortaient d'un clip de *gangsta rap* quand il était manifeste qu'on les avait recrutés, par défaut, au pied d'un HLM des quartiers nord de Marseille.

Le plus costaud tenait fermement Leïla par un bras et lui avait posé une lame de quinze centimètres en travers de la gorge. Son comparse, un nabot qui se la jouait Tony Montana, nous regardait arriver, les bras croisés sur la poitrine en arborant le genre de sourire qu'on a envie d'effacer à coups de nerf de bœuf.

— Thomas Fiera, je présume, me lança-t-il avec un accent marseillais qui annihilait toutes ses tentatives de passer pour un gros dur.

J'éclatai de rire.

— Mon pauvre ! Tu causes comme Fernandel et tu veux qu'on te prenne au sérieux ?

Il blêmit et dégaina assez maladroitement un SIG Sauer qu'il braqua approximativement dans ma direction.

— On tient ta pouffiasse et je t'ai dans ma ligne de mire. Tu ferais bien de me prendre au sérieux.

Avant que le Scarface de la Canebière n'ait eu le temps de réagir, je me glissai derrière Joseph et, sortant mon flingue, je le braquai sur la tempe du vieillard.

— Tu vas poser ton arme par terre, sinon je lui guéris définitivement son Alzheimer.

Fernandel n'en revenait pas.

— Mais putain… Qu'est-ce que tu fais, con ?

— Je protège mes intérêts.

L'autre agita son flingue comme s'il s'agissait d'une raquette de ping-pong. Il allait bien finir par blesser quelqu'un.

— Toi, con… tu… tu lâches le vieux sans faire d'engaste[12] ou… ou…

— Ou quoi, tête de nœud ? Même avec un QI d'oursin, tu dois bien comprendre que ton employeur veut récupérer le grand-père vivant, non ? Si tu le lui ramènes avec un trou dans la tête, j'ai comme l'impression que tu vas finir au fond d'une calanque à nourrir les crabes.

— On va buter la petite pute !

— Rien à foutre ! Je la connais pas ! C'est une auto-stoppeuse.

Voyant que son pote pédalait dans la semoule, le gros baraqué qui menaçait Leïla avec sa lame

---

[12] *Embrouille, problème, en argot marseillais.*

commença à son tour à paniquer. Manifestement, les parents de celui-là n'avaient pas coché l'option cerveau et il devait avoir besoin d'un mode d'emploi pour se torcher le cul.

— On fait quoi, Didi ? On fait quoi ?

Didi eut un geste d'apaisement envers son pote culturiste, un geste signifiant qu'il avait la situation bien en main.

— T'inquiète, je… je… je vais me renseigner.

Il sortit un portable et essaya à plusieurs reprises de composer un numéro sans y parvenir tant il avait la tremblote.

Joseph n'en revenait pas. Il tourna la tête vers moi.

— Putains ! C'est qui, ces branleurs ? Les Pieds Nickelés ?

C'est également le moment que choisit Leïla pour ramener sa fraise.

— Vous savez… Vous devriez écouter monsieur Fiera. C'est un professionnel. Ça se voit. Vous devriez nous laisser tranquilles et partir tant que rien de fâcheux n'est arrivé à personne.

Entre-temps, Don Camillo avait réussi à taper les dix chiffres de son correspondant, à qui il tentait d'expliquer la situation.

— Allô ? Je… C'est moi… Oui… Je… On les a trouvés, là où vous nous avez dit… Mais euh… Il y a un problème… et… Ah ? Vous arrivez ? Dans trente minutes ? Mais je ne suis pas sûr de tenir trente minutes, là…

Il se tut et son interlocuteur dut lui faire une description saisissante de son proche avenir s'il ne tenait pas ses engagements, car l'Al Capone des quartiers nord s'empressa de rassurer son employeur.

— Pas… Pas de soucis… Je… Comptez sur moi… Je… Je…

Il regarda son téléphone, puis me regarda, l'air égaré.

— Il a raccroché.

— Toi aussi, tu devrais raccrocher, petit, avant qu'il ne t'arrive des trucs désagréables.

Le balaise au cerveau de colibri se tourna vers son pote.

— Qu'est-ce qu'il t'a dit, le patron ?

— Il m'a dit qu'il fallait tenir jusqu'à ce qu'il arrive, sinon…

— Sinon ?

— Sinon, il me couperait les couilles et te les ferait bouffer.

J'intervins dans leur dialogue à la Beckett.

— Écoutez, les gars. Désolé de vous interrompre, mais à force de rester comme ça, quelqu'un va finir par avoir un geste malheureux et ça va mal finir. Je ne sais pas d'où vous sortez mais vous avez l'air d'être faits pour ce boulot comme moi pour être une star de la *pole dance*. Alors cassez-vous avant qu'il vous arrive des misères.

Le petit nerveux se mit à gueuler : il ne voulait pas perdre la face devant son compère.

— Ta gueule, Fiera ! Ferme ta grande gueule de Parisien de merde ! Tu lâches le vieux ou on va égorger ta pute et…

Du coin de l'œil, je vis Leïla pousser un soupir de résignation.

— Et merde… lâcha-t-elle.

D'un mouvement souple, elle échappa à l'étreinte du balaise, lui tordit le poignet et lui piqua son poignard que, d'un geste sûr et précis, elle envoya se ficher dans la gorge du nabot, qui gargouilla, cracha du sang et s'effondra comme les cours d'Eurotunnel. Puis elle pivota et, tendant le bras brusquement, elle projeta le talon de sa main droite pour broyer la trachée du gros baraqué, lequel suffoqua, devint tout bleu et finit par tomber à son tour, ses jambes gigotant quelques secondes avant de se raidir pour de bon.

Tout cela n'avait duré que trois secondes.

Leïla se tourna vers moi et haussa les épaules.

— Ça m'embête, je ne voulais pas les buter, ces petits cons.

— Je comprends bien, lui dis-je avant de faire trois pas rapides dans sa direction et de lui balancer dans la gueule une gauche fignolée que n'aurait pas désavouée Marvin Hagler, légendaire fausse patte[13] que tous les amateurs de boxe connaissent bien.

Elle ne s'y attendait pas et la violence du coup la sécha sur pied. Elle s'effondra mollement et j'eus à peine le temps de la rattraper avant qu'elle ne se fracasse le crâne sur le pare-chocs arrière de notre voiture.

Joseph me regardait, abasourdi.

— Mais qu'est-ce que vous foutez ?

— Vous en connaissez beaucoup, vous, d'innocentes auto-stoppeuses capables de buter deux mecs aussi froidement ?

Le vieillard dodelina de la tête.

---

[13] *Boxeur gaucher.*

— Je suis très fatigué, là…

J'avais délicatement allongé Leïla sur le sol et j'entreprenais de fouiller les poches de nos deux malheureux pieds nickelés à la carrière criminelle aussi brève qu'intense.

— Allez vous allonger dans la voiture pendant que je nettoie ce bordel. Il faut qu'on soit barré avant trente minutes.

Pendant que Joseph suivait mon conseil, je pus constater que les deux loustics – preuve de leur amateurisme – avaient conservé sur eux tous les documents permettant de les identifier : deux pauvres mômes des quartiers nord, supporters de l'OM et qui n'avaient pas encore vingt-cinq ans.

En revanche, Leïla n'avait sur elle aucune pièce d'identité, aucun moyen de paiement autre que de l'argent liquide et même pas d'étiquettes sur ses fringues… Voilà qui puait la professionnelle à plein nez et plus précisément la barbouzarde.

J'avais déjà eu l'occasion de me frotter à des professionnels du renseignement* et je n'étais pas pressé de recommencer.

Je ligotai et bâillonnai la jeune femme qui était toujours dans les vapes et l'attachai à la portière. Puis, ayant fourré les deux macchabées dans leur propre bagnole, je déplaçai celle-ci de façon à ce qu'elle ne soit plus visible de la route, heureusement très peu fréquentée. Je la recouvris de branchages pour parachever le camouflage du véhicule. Je n'étais pas bien sûr de l'efficacité du procédé mais je l'avais vu faire dans des films, alors…

J'avais fugitivement envisagé de foutre le feu au véhicule afin d'effacer mes traces ADN, abondamment présentes désormais sur les deux cadavres, mais j'y renonçai en me disant que je n'étais fiché nulle part et qu'en tout état de cause, aucun lien ne pourrait être établi entre moi et ces deux minables.

Je m'éloignai de ce tombeau improvisé et, sortant mon téléphone, j'appelai Adélaïde.

— Adélaïde ?

— Si tu appelles mon portable, tu penses tomber sur qui ?

— Si tu pouvais m'épargner tes sarcasmes, j'apprécierais…

— Des soucis ?

— Si peu ! On vient de buter deux mecs, j'ai des tueurs aux trousses, un Alzheimer anonyme sur les bras et une petite nana, que je soupçonne d'être une barbouze, attachée à la portière de ma bagnole. Ah oui, j'oubliais : mon mobile est probablement tracé et il n'est pas exclu que nous soyons sur écoutes. Je pense que l'on peut parler d'un bilan globalement positif, comme disait Georges Marchais.

— On fait quoi ?

— Dès que j'ai raccroché, je détruis mon téléphone et je te demanderai de me ramener un de ces appareils intraçables dont tu as le secret. On se retrouva dans le restau lyonnais où on a bouffé un jour. Tu t'en souviens ?

— Mon taux de cholestérol s'en souvient. Dans deux heures ?

— Deux heures. Je t'ai…

Elle avait déjà raccroché.

Adélaïde n'est pas super expansive comme nana.

Après avoir démonté et écrabouillé à coups de talon les différentes pièces de mon Smartphone, je revins donc vers notre voiture et je vis que Leïla était toujours sans connaissance ou feignait de l'être.

Après la démonstration de self-défense qu'elle venait de nous offrir, je n'étais pas disposé à prendre de risques, aussi je lui pinçai un nichon et pus ainsi vérifier qu'elle ne me jouait pas la comédie. Si elles avaient été là, mes amies Adélaïde ou Manu* n'auraient pas manqué de me faire remarquer que, parmi toutes les parties pinçables de son anatomie, j'avais précisément choisi le téton. Mais elles n'étaient pas là et j'en avais donc profité lâchement.

Pas de quoi être fier, je sais…

J'ouvris donc le coffre de la voiture et, après avoir soulevé Leïla qui n'était pas si légère qu'il y paraissait, je la balançai dedans, non sans y avoir ôté tous les objets susceptibles de l'aider à se libérer. Je fouillai également son sac à dos qui ne contenait que quelques fringues, un paquet de mouchoirs en papier, un roman de Camus en livre de poche et un kongo, un genre de petit haltère en bois à l'aspect inoffensif mais qui était en réalité une arme extrêmement dangereuse entre des mains averties. Après avoir hésité, je lui confisquai l'ensemble de ses affaires et refermai le coffre.

Il n'y avait plus de temps à perdre.

*

Quinze minutes après le départ de Thomas, Joseph et leur passagère inanimée, une énorme Mercedes à la carrosserie perforée se gare en catastrophe. Trois gars aux faciès pour le moins tourmentés en jaillissent en surjouant l'intention homicide. Manuel Marquez est installé au volant et regarde son équipe avec une moue écœurée. Il n'en peut plus de devoir se coltiner des crétins asociaux dont le cerveau est siphonné par les excès en tous genres et les mauvais films d'action taïwanais. Pour celui qui aspire à fréquenter de brillants esprits, la délinquance est clairement un mauvais choix. Il descend très calmement du véhicule et s'adresse à la brute qui lui sert d'adjoint.

— Ils sont où ?

— Je comprends pas. Les consignes étaient claires.

Marquez fit quelques pas et désigna un point sur le sol.

— Là. Du sang. Beaucoup de sang.

Les deux autres primates s'étaient éloignés et battaient les fourrés alentour comme de braves chiens d'arrêt.

— J'les ai trouvés, gueula l'un d'eux. Par ici.

Il est rapidement rejoint par toute l'équipe. Il leur montre la voiture cachée dans les buissons.

— Les deux gamins sont là. Ils sont canés. Tous les deux. Un coup de poignard pour l'un, et l'autre la gorge en purée…

Marquez regarde les deux cadavres. Pour une fois, il perd son flegme.

— C'est pas possible ! Ce Fiera est pire que le choléra. Il porte la scoumoune !

Ses sbires se regardent. Ils ne comprennent pas grand-chose à grand-chose mais la guigne, la déveine, la poisse, la malchance, la purée, la mistoufle, ça, ils connaissent. Ils sont tombés dedans quand ils étaient petits.

— Vous êtes sûr qu'on continue, Patron ?

— Bien sûr qu'on continue ! Mais quand on le retrouvera, interdiction de le buter ! Il est pour moi, ce bâtard !

— Et on va le trouver où, maintenant ?

— À Lyon ! Je suis sûr qu'il va à Lyon et je suis sûr de savoir où on va le trouver.

Avant de partir, ils arrosent d'essence la voiture et les deux cadavres avant d'y mettre le feu. Ça sent les hydrocarbures, le plastique fondu et la chair brûlée mais plus personne n'est là pour en être incommodé.

*

J'avais conduit vite et très imprudemment, pour être sûr de semer d'éventuels poursuivants. Renonçant aux grands axes, j'avais privilégié les routes secondaires et les voies improbables au point qu'après une demi-heure, j'étais moi-même complètement paumé : affligé d'un sens de l'orientation proche de celui d'un poulet sans tête, il peut m'arriver de me perdre dans mon propre salon.

Engageant la voiture dans un chemin à peine carrossé, je roulai jusqu'à parvenir dans une clairière où je me garai à l'ombre d'oliviers centenaires. Je posai la nuque sur l'appui-tête, fermant les yeux quelques instants et me relaxant en écoutant les cliquetis du moteur encore chaud. Le souffle régulier de Joseph endormi me berçait et je dus m'assoupir quelques instants car je sursautai en entendant des coups sourds provenant de la malle arrière.

Je débouclai ma ceinture et quittai la voiture, dégainant mon Glock avant de m'approcher du coffre où ma passagère commençait à s'agiter sérieusement.

— Je vais ouvrir. Si vous tentez quoi que ce soit, je vous descends.

J'ouvris le coffre et me reculai prestement tandis que Leïla clignait des yeux comme une chouette éblouie pour se les protéger.

— Sortez ! Sans gestes brusques !

Elle me fit un doigt d'honneur et s'extirpa péniblement de sa prison improvisée. À la voir grimacer de douleur, on aurait pu croire qu'elle venait de passer cinq ans dans une cage Viêt-Cong. La nana était jeune et sportive et je ne croyais pas un seul instant à son cinéma.

— Mon flingue contient dix-huit ravissantes petites ogives métalliques qui peuvent vous transformer en steak tartare, alors cessez de me prendre pour un con et arrêtez votre cirque.

Elle sourit et se rétablit souplement. Elle eut un ravissant petit haussement d'épaules. Le genre de geste de coquette qui m'a toujours bouleversé, couillon que je suis.

— Il fallait bien essayer.

— Asseyez-vous sur vos mains et tenez-vous tranquille.

Elle obéit et posa son joli cul sur ses jolies mains, ses belles jambes musclées allongées toutes droites devant elle.

— Écoutez… Ne me faites pas de mal. Je ne dirai rien. Vous me laissez partir et…

— Ça suffit ! J'ai vu comment vous avez liquidé ces gars. Vous êtes une professionnelle.

— Mais non…

Je lui souris et tendis le canon de mon flingue en direction de son genou.

— J'ai déjà buté des tas de gens dans ma vie, alors ne croyez pas un seul instant que je puisse avoir le moindre scrupule à vous faire exploser la rotule. Alors ? La vérité ?

Elle cessa de sourire et me scruta intensément. Elle parut soudain plus mûre, plus âgée et, surtout, infiniment plus dangereuse.

— Si mes renseignements sont exacts, je pensais que vous étiez plutôt du côté des gentils d'habitude, non ? Je me trompe ?

— Continuez…

Elle fit un petit geste de la tête pour désigner la voiture derrière elle.

— Vous savez qui est le charmant grand-père que vous trimballez ?

— Je voudrais surtout savoir qui vous êtes, vous !

Elle hésita un court instant avant de répondre.

— Capitaine Leïla Arezki de la Direction de la Sécurité Intérieure Algérienne.

— Une barbouze ?

— Officier de renseignements !

— Et qu'est-ce qu'une barbouze algérienne fricote dans nos belles provinces ? Du tourisme ?

— Le gentil grand-père que vous promenez depuis hier matin est une véritable ordure. C'était un membre important de l'OAS. Il s'appelait Joseph Bastos et il est officiellement mort il y a soixante ans, en fabriquant une bombe artisanale.

— Il semble s'être bien remis de ce décès brutal.

— Il avait besoin de disparaître. Et rien de tel qu'être mort pour être tranquille.

— Et pourquoi ce soudain besoin de tranquillité ?

— Disons qu'il y avait beaucoup de gens qui auraient aimé lui poser des questions…

— Quelles questions ?

Elle me regarda longuement, semblant peser le pour et le contre, avant de m'offrir un beau et franc sourire qui, chez un professionnel du renseignement, signifie qu'il va essayer de vous la mettre bien profond.

— J'aurais bien aimé vous aider mais je n'en sais pas plus.

J'actionnai très ostensiblement la culasse de mon Glock.

— On peut très bien vivre avec une rotule en moins. Mais le rock acrobatique et le port des minijupes deviennent plus problématiques.

— Vous ne me ferez pas de mal. Vous ne ferez pas de mal à une femme.

— Ah bon ? Demandez à une certaine Jacqueline Burke.

Elle me lança un regard méfiant où flottait l'ombre d'un doute.

— Qui est-ce ?

— Une femme à qui j'ai collé une balle en plein front.*

— Je… vous mentez ! Je n'ai aucune information à ce sujet.

J'éclatai de rire. Les flics, les barbouzes et les journalistes, tous ces gens qui vivent de, par et pour l'information, ont tous la même folie des grandeurs : s'ils ignorent quelque chose, c'est que ce quelque chose n'existe pas.

— Figurez-vous que je n'ai pas publié de faire-part. Mais si vous allez fouiller au fond d'une certaine crevasse, vous risquez de trouver un cadavre avec un beau trou tout rond en pleine tête.

Son assurance se lézarda.

Ou du moins, c'est ce qu'elle voulait me faire croire.

Tout cela n'était à mon sens qu'une autre comédie destinée à me faire gober la deuxième couche de mensonge.

— Écoutez... je ne suis qu'une simple exécutante et je vais vous dire ce que je sais, OK ? Mais après, vous me laisserez partir, d'accord ?

— On verra. Allez ! Causez !

Elle hésita encore puis se lança.

— Vous n'êtes pas un salaud. Alors je vais vous faire confiance. En 1962, Joseph Bastos a volé une cargaison d'or qui appartenait au FLN.[14]

— Le FLN faisait des petites économies ?

— C'était le résultat de l'impôt révolutionnaire qui était collecté auprès de nos frères travaillant en France.

— Vous dites « collecté ». Moi, j'aurais plutôt dit « extorqué » si mes informations sont exactes...

— À la guerre comme à la guerre...

— Et pourquoi l'avoir transformé en or ?

— Je ne sais pas. J'imagine que quelqu'un a trouvé que c'était une bonne idée. Toujours est-il que Bastos alias Hidalgo a volé cet or. Mais au lieu

---

[14] *Front de Libération Nationale. Important mouvement indépendantiste qui contribua à l'indépendance de l'Algérie et devint, après celle-ci, le parti politique dominant du pays.*

de s'en servir pour financer l'OAS, il s'est fait passer pour mort et a disparu avec le butin.

Ainsi le vieux grand-père atrabilaire était un bandit, un terroriste et un salaud. Je m'en doutais un peu à vrai dire, et la présence de tout cet or dans le tableau pouvait expliquer l'insistance de certains méchants à enlever Joseph.

— Et l'or ?

— Bizarrement, il ne l'a jamais utilisé. Il a dû le planquer et aujourd'hui, le gouvernement algérien a décidé de le récupérer.

— Pourquoi seulement aujourd'hui ?

— Parce que nous pensions qu'il était perdu jusqu'à ce que, par hasard, un de nos informateurs apprenne qu'il n'en était rien.

— Ça représente beaucoup de pognon ?

— Dix tonnes. Presque quatre cents millions d'euros…

Ma mâchoire tomba sur le sol avec un bruit d'osselet.

— Quatre cents millions ?

— Les cours de l'or ont explosé en cinquante ans…

Quatre cents millions d'euros ! Quand on sait ce que la plupart des sociopathes dégénérés qui composent ce répugnant biotope qu'on appelle la pègre sont capables de faire pour une poignée d'euros, il est facile d'imaginer ce qu'une telle somme pourrait leur inspirer en matière de vilenie !

— Maintenant que je sais tout ça, qu'est-ce qui m'empêche de vous tuer, de torturer le vieux pour dégoter le trésor et d'acheter une ou deux îles pour finir mes jours comme un pacha ?

— Votre fibre morale.

— Vous voulez dire ma connerie pathologique ?

— Si vous voulez.

Elle me sourit. Un sourire moqueur, coquin, espiègle, provocateur et foutrement sexy qui me donnait autant envie de l'étrangler que de la baiser séance tenante. J'optai pour une troisième voie.

— Qu'est-ce qui me prouve que vous n'êtes pas de mèche avec des truands ?

— Rien.

— Ou avec des militaires corrompus, ce qui, en Algérie, est quasiment un pléonasme ?

— Rien.

— Ou avec la partie obscure de votre psyché qui va vous pousser à arnaquer tout le monde avant de vous enfuir en lâchant un éclat de rire sardonique ?

— Toujours rien.

— Il faudra donc que je me contente de votre parole et de votre joli minois ?

— C'est cela.

Je haussai les épaules, rengainai mon arme et lui tendis la main pour l'aider à se relever, ce qu'elle fit avec souplesse avant de me coller une droite fignolée qui m'envoya bouler trois pas plus loin. Je parvins à rester debout mais j'avais la tête qui tournait, les yeux pleins d'étincelles et mon menton me faisait un mal de chien.

— C'est une vieille coutume algérienne pour sceller un accord ?

— C'est juste que je n'aime pas laisser un affront impuni. Les comptes sont bons maintenant.

Je rigolai malgré la douleur.

— Vous vous entendriez bien avec une copine à moi.

— Adélaïde Renucci ?

— Waouh ! Vous avez encore beaucoup de renseignements à mon sujet ?

— À peu près tout sauf la taille de votre zgeg et je ne désespère pas d'obtenir des informations là-dessus avant la fin de notre collaboration.

Je rougis comme un con, bafouillai lamentablement et finis par sourire piteusement. Nous nous approchâmes de la voiture, où Joseph, indifférent à tout le bazar ambiant, continuait de dormir comme un très vieux petit garçon. J'en eus le cœur serré.

— Il ressemble juste à un gentil grand-père.

— Ce gentil grand-père est responsable de la mort de dizaines de personnes : femmes, enfants, Algériens, Européens… Tous ceux qui gênaient sa foutue cause… Et quand sa guerre a été perdue, il s'est barré avec le trésor de guerre.

— Une ordure, quoi !

— Une ordure.

— Avant de vous croire, j'ai besoin de passer un coup de fil. Vous avez un téléphone ?

— Oui mais je…

Je dégainai mon Glock et lui en collai le canon sous le nez.

— Je disais : vous avez un téléphone ?

— Vous êtes un dangereux malade ! Vous le savez, ça ?

— On me l'a souvent dit.

Je tendis la main et d'un geste rageur, elle y posa le téléphone qu'elle avait pêché dans une poche intérieure de son short et que je n'avais pas trouvé en la fouillant précédemment. Ma propre incompétence policière m'afflige, parfois…

Je lui fis signe de reculer et appelai Fred, l'indispensable, inénarrable et insupportable Fred.

— Oui… ?

Sa voix, habituellement guillerette, était chargée de suspicion.

— Salut ! C'est Thomas.

— Thomas ? Qu'est-ce que tu fous avec un téléphone crypté. C'est à peine si j'arrive à le visualiser sur mes écrans.

— Trop long à expliquer. Tu as les infos que je t'ai demandées sur Joseph ?

— Ouais, mais ça n'a pas été facile…

Quand Fred commençait une phrase de cette façon, c'est qu'il s'apprêtait à vous infliger par le menu les mille et une procédures cabalistiques qu'il avait dû mettre en œuvre pour arriver à ses fins. C'était en général incompréhensible et toujours chiant. Je coupai court.

— Rien à foutre de la méthode ! Donne-moi juste le résultat…

Fred ayant terminé son laïus, je le remerciai de façon sommaire, raccrochai un peu brutalement et me tournai vers Leïla.

— OK. Ce que vous m'avez dit est vrai.

— On fait quoi, alors ?

— Comment ça : *On fait quoi ?*

— On s'organise comment ?

— Très simplement…

J'allai pêcher le sac à dos de Leïla que j'avais jeté sur le siège arrière et le balançai très loin, au milieu des fourrés de ronces, suivi rapidement par le téléphone crypté qui avait tellement ébahi Fred.

— Moi je vais à Lyon avec le vieux méchant, et vous… Vous, je sais pas trop… Je dirai que vous allez faire de la marche à pied et du stop…

— Espèce d'enfoiré…

Elle esquissa un geste d'attaque et se trouva de nouveau en tête à tête avec le canon de mon flingue. La plupart d'entre vous n'ont sans doute jamais vu cela que dans des films, mais je peux vous garantir que contempler le petit œil mortel d'un pistolet automatique est une expérience qui vous conduit presque immédiatement à reconsidérer l'ordre de vos priorités. L'attaque ou la rébellion peuvent rester des options, mais extrêmement secondaires comparées à la simple survie.

— On se calme ! Pas de mouvement inconsidéré !

— Vous m'avez dit que vous me croyiez !

— Je vous crois, mais je ne vous fais pas confiance. Nuance !

— Mais je…

— Gardez vos forces pour la marche à pied. Allez, reculez et allez-vous asseoir là-bas… Sous le gros olivier… C'est ça… parfait…

— Vous êtes mort, Fiera !

— On remplirait un cimetière avec ceux qui m'ont dit ça.

Je remontai rapidement en voiture et démarrai sur les chapeaux de roue, mais pas tout à fait assez vite cependant. Leïla s'était relevée brusquement et, ayant saisi une grosse pierre, elle la projeta avec force sur la lunette arrière qui s'étoila sous le choc, réveillant Joseph du même coup. Avec ses cheveux en bataille et son air ahuri, il ressemblait à un vieux poussin mutant amateur de substances prohibées.

— *Que pasa ?*[15]

— Rien, Joseph, rien. Un simple différend postcolonial avec une nouvelle amie.

Joseph descendit sa vitre et regarda la silhouette gesticulante de Leïla qui rapetissait derrière nous.

— Tu es déjà fâché avec ta fatma ?

— Joseph, vous devriez dormir plus souvent.

— Pourquoi ?

— Parce que c'est le seul moment où vous êtes supportable.

Il éclata de rire et je ne pus m'empêcher de me joindre à lui, tandis que nous filions sur une route inconnue vers un avenir imprévisible.

---

15 *Que se passe-t-il ?*

7

Lyon est une ville étrange qui ne se laisse pas aimer facilement et sa position centrale n'arrange pas les choses dans un pays où l'on est si facilement catalogué, suivant que l'on soit du Nord ou du Sud.

Pour les Marseillais, les Lyonnais sont déjà presque des Inuits et à les écouter, le cercle polaire passe quelque part au beau milieu du tunnel de Fourvière. Et pour les Parisiens qui pourraient s'y perdre, l'ancienne capitale des Gaules a un je-ne-sais-quoi de méridional, de quasiment italien, qui les déconcerte.

Pour ma part, j'avais longtemps détesté cette ville que je trouvais aussi grise et maussade que ses habitants, une ville bourgeoise, fermée, hautaine et vivant sur le vieil argent des soyeux et des négociants en vins.

Et puis à force de visites, d'errances dans les traboules et de gueuletons bien arrosés dans de sympathiques bouchons où le plat le plus léger suffirait à couvrir les besoins protéiniques de trois villages éthiopiens pendant six mois, je commençai à céder au charme insidieux de cette cité mystérieuse et finalement plus chaleureuse qu'il n'y paraît.

Quand je poussai la porte du restaurant lyonnais où j'avais donné rendez-vous à Adélaïde, je découvris une scène tout à fait étrange, comique et surréaliste à la fois.

Installée au beau milieu du bistrot presque désert, Adélaïde, toute de noir vêtue et lisant paisiblement un recueil de poèmes japonais que je lui avais offert quelques jours auparavant, ressemblait à une panthère bien élevée mais pas totalement repue, feignant l'indifférence tout en guettant la survenue d'une proie acceptable.

Louvoyant autour d'elle mais à une distance prudente et mourant du désir d'exercer son office, un serveur visiblement nerveux s'approchait inexorablement de ma belle et dangereuse amante. Sa gestuelle hésitante évoquait celle de ces chiens des rues chez qui la peur le dispute à la faim et qui couinent devant la nourriture tout en restant sur le recul. L'instinct professionnel prenant le dessus sur la prudence, il s'avança, interrompant la lecture de ma belle linguiste.

— Je vous sers quelque chose en attendant vos amis ?

Avec une lenteur quasiment géologique, Adélaïde releva la tête et ficha son regard dans celui du garçon, qui commença instantanément à se liquéfier. Après environ cinq mille ans, elle finit par desserrer les lèvres :

— Vous avez du cognac ?

— Euh… oui… bien sûr…

— Alors allez en boire un. Vous êtes tout pâle. Et évitez de vous approcher de cette table à moins de trois mètres tant que je ne vous appelle pas.

Bafouillant et trébuchant, le pauvre serveur alla se réfugier derrière le comptoir, où il entreprit d'essuyer des verres déjà bien propres.

Je ne pus m'empêcher d'applaudir.

— Bravo ! Bravo ! Ça, c'était du grand Adélaïde !

Tirant Joseph derrière moi, nous nous dirigeâmes vers la table qu'occupait mon amie et nous y installâmes sans plus de manières. Du pouce, je lui désignai le garçon qui regardait très ostensiblement ailleurs, loin, du côté des Vosges.

— Je vois que tu t'es fait un nouvel ami.

— Il m'a dérangée pendant ma méditation poétique.

— Et il est encore vivant ? Tu te bonifies avec le temps.

— J'imagine que c'est de l'humour.

Joseph se pencha vers moi.

— C'est qui, cette gouine ? Une de tes amies ?

Je voyais mal Adélaïde s'en prendre à un petit vieux n'ayant plus toute sa tête, mais dans le doute, je décalai légèrement ma chaise pour m'interposer et fis mine de prendre tout cela à la blague.

— Il est incorrigible. Ne te formalise pas. Allez, Joseph. Asseyez-vous et arrêtez de râler.

Mais le vieillard avait décidé de jouer avec le feu et se pencha vers Adélaïde.

— Vous n'êtes pas si moche en fait. Habillée en fille, vous seriez sans doute potable. Pourquoi vous vous habillez en lesbienne sado-maso ?

— Parce que c'est moins salissant quand j'étripe de vieux connards comme vous.

Le serveur qui, entre-temps, avait commencé à s'approcher de notre table pour prendre une éventuelle commande pivota sur ses talons et repartit se planquer derrière son bar.

Comme je commençai à rigoler, Joseph se leva et me colla une torgnole derrière la tête.

— Tu as de mauvaises fréquentations ! Je le dis toujours à ta mère ! Tu vas mal finir !

C'était au tour d'Adélaïde de rigoler, et c'est un peu vexé que je me tournai vers le vieillard.

— Vous savez quoi ? Vous allez saluer le gars planqué derrière son bar et vous allez commander à déjeuner pour nous trois. Prenez ce que vous voulez, OK ? Faut que je cause cinq minutes avec mon amie…

Joseph haussa les épaules, ronchonna mais partit néanmoins accomplir sa mission de ravitaillement. Avant qu'il ne revienne, j'avais, en quelques minutes, expliqué à Adélaïde l'essentiel de l'affaire.

— Voilà… tu sais tout.

— Tu as réussi à ne pas le buter. C'est balaise.

— Il me fait pitié. J'ai beau savoir que c'est un salaud…

Adélaïde hocha la tête en silence avant de reprendre.

— Et tu comptes faire quoi au sujet de l'or ?

— *A priori* rien. Je n'ai pas été embauché pour ça et de toute façon, ça pue un peu trop pour moi. Je ramène le *papè* à son fils et je les laisse se démerder. Point barre.

— Et tu crois vraiment que les truands et les barbouzes algériennes vont te laisser quitter l'affaire comme ça ?

— À vrai dire, non…

— Que tu le veuilles ou non, tu es impliqué.

— On est toujours impliqué…

C'est à ce moment que Joseph nous rejoignit. Il s'adressa d'abord à moi.

— Je nous ai pris de la viande rouge. Tu dois manger mieux. Tu es tout maigre.

Puis il se tourna vers Adélaïde.

— Et vous, je vous ai pris du poisson. Vous avez une tête à manger du poisson avec des légumes bizarres.

Elle me lança un regard intrigué avant de se tourner vers Joseph.

— Qu'est-ce que vous appelez des légumes bizarres ?

— Oh, je ne sais pas exactement. Le genre de saloperies que mangent les pédés et les gauchistes.

Adélaïde me caressa la joue tendrement.

— Mon admiration pour toi augmente de minute en minute. En ce qui me concerne, j'ai déjà envie de le tuer !

Elle sourit à Joseph avant de lui lancer :

— J'ai peut-être une tête à bouffer du poisson, mais vous, vous avez une tête à bouffer bientôt les pissenlits par la racine. Vous devriez faire attention : un accident est si vite arrivé à votre âge.

— Et tu laisses une gouinasse parler à ton père sur ce ton ?

Et il me flanqua une autre *colleja*[16] à me décoller la dure-mère, la pie-mère et peut-être même l'arachnoïde !

— Ça suffit avec ça, criai-je en tapant sur la table. Je ne suis pas votre fils ! Ça suffit !

---

[16] *(Familier) Tape derrière la tête que l'on donne généralement aux enfants.*

Il vacilla et son regard devint flou, flottant, presque liquide, comme si son âme et son identité perdaient de leur consistance et se muaient en un brouillard de doutes.

— Mais… euh… je… je sais très bien… je sais très bien que vous n'êtes pas mon fils… je… je sais très bien… que…

Il se tut et, penchant sa tête vers la nappe en papier, commença d'y tracer des lignes entrecroisées avec le manche d'un couteau. J'esquissai un geste vers lui mais Adélaïde m'en dissuada d'un regard. Histoire de tenter de déplomber l'ambiance qui commençait à devenir un rien pesante, Adélaïde extirpa de son blouson un Smartphone flambant neuf qu'elle me tendit.

— Tiens ! Ton nouveau téléphone ! Intraçable et indétectable.

Je la remerciai d'un hochement de tête, incapable de dire un mot, le cœur serré devant le spectacle de Joseph griffonnant d'invisibles dessins. Salaud ou pas, il avait été homme ; un homme libre de prendre des décisions – bonnes ou mauvaises –, de faire des choix, d'aimer, de détester et de défendre ses opinions ; un homme qui disait je, qui savait qui il était et qui, comme nous le faisons tous, avait tenté de tracer sa voie au travers du vaste bordel de l'existence.

Le voir ainsi s'égarer irrémédiablement dans son labyrinthe intérieur constituait un spectacle non seulement pathétique, mais également effrayant et révoltant.

J'avais vu mon père mourir du cancer, souffrir, s'étioler, bouffé vivant par l'ange de la mort perché sur son épaule. Je l'avais vu tenter de faire bonne figure, de sourire et de s'intéresser à mes petits soucis d'étudiant alors que lui-même s'apprêtait pour le grand voyage. Je l'avais vu diminué, mais je ne l'avais jamais vu humilié. Jusqu'au bout, il était resté Pablo Fiera, le rebelle, la grande gueule et ses avant-derniers mots avaient été pour envoyer la mort se faire foutre.

Ses dernières paroles, en revanche, avaient été pour moi. Il avait tendu un bras plus mince qu'un sarment de vigne et, posant sa paume calleuse sur ma nuque, m'avait souri, un sourire si plein d'amour et de tendresse que des années après, je ne peux y repenser sans que les larmes ne me montent aux yeux. Il m'avait souri et m'avait simplement dit : *Hasta luego, Tomàs...*[17]

Et il était parti.

Joseph Hidalgo, lui, se diluait comme une goutte d'encre dans un litre de lait, il disparaissait, s'effaçait et ne serait bientôt plus qu'un simple tube digestif, un sac à rêves qui a perdu ses billes, un nom écrit sur l'eau, une buée, un trou de mémoire.

Il avait été un salaud, un assassin, un terroriste sans scrupule, un mauvais père et une mauvaise personne, mais aujourd'hui ? Qui était-il ? Un salaud amnésique est-il encore un salaud ? Effacer le souvenir du mal suffit-il à effacer le mal ?

Je caressai sa main dans un geste d'apaisement et Joseph releva la tête, m'offrant un sourire qui m'embua les yeux, un sourire d'enfant, un de ces sourires qui vous fait comprendre ce que l'on oublie

---

[17] *À bientôt, Thomas.*

trop souvent : l'amour et l'innocence sont une seule et même chose. Ou devraient l'être.

Putain de vie !

Je m'essuyai les paupières discrètement et, redressant les épaules, je me tournai vers Adélaïde dont le regard inhabituellement tendre m'offrit une bouée à laquelle m'accrocher. Je me raclai la gorge.

— Hum. Tu disais quelque chose ?

— J'ai eu Fred, tout à l'heure. Il a localisé le fils Hidalgo.

— Du côté du parc de la Tête d'Or, c'est ça ? Il m'en a parlé aussi.

— Oui, mais depuis il l'a logé précisément, à l'hôtel du Parc, un palace tout ce qu'il y a de plus huppé.

— J'imagine que tu y as fait une reconnaissance…

Elle esquissa l'ombre d'un sourire.

— Bien sûr. Il occupe une suite au dernier étage et il est exagérément protégé.

— Exagérément ? Tu veux dire quoi par-là ?

— Je veux dire que c'est juste un PDG, pas un chef d'État. Et il se promène entouré par six gros bras. Et pas des gardes du corps habituels, anciens flics ou anciens gendarmes. Ils ont de vraies gueules de voyous. Bizarre pour un chef d'entreprise, non ?

Je haussai les épaules.

— Tout est bizarre dans cette histoire. Manuel Marquez et ses sbires… Maintenant Pierre Hidalgo et ses gros bras… Il y a beaucoup de voyous dans tout ce bazar.

— Et ça t'inspire quoi ?

— Ça m'inspire que quatre cents millions d'euros constituent un bel aimant à racailles mais également un puissant remède pour soigner un œdipe mal digéré.

— Tu crois que le fiston est dans le coup ?

— Je crois en tout cas qu'il n'est pas totalement hors du coup. Trop de coïncidences !

Joseph continuait ses graffitis éphémères.

— Et tu penses la jouer comment ? finit par me demander Adélaïde.

— J'ai un genre de plan.

— Un « genre » de plan ? Waouh ! Je suis impatiente de connaître ce que tu appelles un « genre » de plan !

Et je le lui expliquai.

Une heure plus tard, Joseph et moi-même étions installés très confortablement dans deux fauteuils profonds au beau milieu du bar de l'hôtel du Parc. Le vieillard avait globalement retrouvé ses esprits et sirotait un pastis tandis que je savourais un Lagavulin de quarante ans d'âge que j'avais fait mettre sur la note de Pierre Hidalgo. Les amuse-bouches aimablement fournis avec nos boissons auraient suffi à nourrir un village guatémaltèque pendant quinze jours et le décor, élégamment cosy, était de nature à vous plonger dans une douce torpeur méditative.

D'un geste nonchalant, je hélai un serveur qui s'approcha fort diligemment.

— Monsieur ?

— Pourriez-vous transmettre un message à l'un de vos clients ?

— Bien sûr, Monsieur.

— Parfait. Il s'agit de Pierre Hidalgo, qui occupe la suite présidentielle. Dites-lui que son père l'attend au bar en compagnie de Thomas Fiera. Il va être ravi.

— Je lui transmets le message immédiatement. Vous désirez autre chose ?

— Non merci. Je suis déjà au bord de l'orgasme.

Le gars tiqua très légèrement et s'éloigna avec dignité. Un pro !

Je m'étirai comme un vieux chat comblé.

— J'adore les palaces !

Joseph produisit un genre de reniflement méprisant.

— C'est prétentieux, les olives sont dégueulasses et le pastis est presque tiède.

— Ah, Joseph ! Grâce à vous, je crois que j'ai découvert une nouvelle définition du bonheur.

— Ah bon ?

— Oui. Le bonheur, c'est ne pas être en compagnie de Joseph Hidalgo.

— Vous n'avez qu'à vous barrer. Personne ne vous retient.

— Détrompez-vous ! j'ai quatre cents millions de bonnes raisons de rester auprès de vous !

— Quoi ?

— Rien. Je vous expliquerai ! Tiens ! Voilà votre fils ! Il a du mal à cacher sa joie !

Escorté par trois malabars aux fronts bas qui semblaient être rentrés dans leurs costards avec un chausse-pied, Pierre Hidalgo déboula auprès de nous, le teint rouge et l'œil furibard.

— Qu'est-ce que vous foutez là ? C'est quoi, ce bordel ?

— Si vous arrêtez de postillonner dans mon scotch, je vous expliquerai.

— Nous avions un contrat, il me semble !

Je lui offris mon plus beau sourire.

— Vous ne saluez pas votre père ? Lui qui se faisait une joie de vous revoir.

— Je me fous de ce vieux salopard ! Et vous, Fiera ? À quoi vous jouez ? Vous prétendez être sur la route de Nice et vous débarquez ici… Sans prévenir…

— C'est que ce petit boulot sans histoires s'est révélé bien plus compliqué que prévu. Au fait, vous avez des nouvelles de Manuel Marquez ?

Pierre Hidalgo devait être un piètre joueur de poker : on lisait sur son visage comme dans un menu de fast-food.

— Connais pas…

— Allons ! Vous étiez à l'école ensemble…

— C'est possible. Perdu de vue. Je m'en fous.

— Ça c'est drôle alors ! Parce que lui semble manifestement être resté très attaché à votre famille. Il ne peut pas se passer de votre père notamment. Un vrai pot de colle. N'est-ce pas Joseph ?

Le pauvre vieux semblait de plus en plus égaré, son regard allant de son fils à moi-même sans parvenir à comprendre la situation.

— Je… je voudrais dormir… Je suis fatigué…

Je me penchai vers son fils, surjouant la confidence.

— Il répète ça tout le temps. Vous aviez raison – je toquai doucement sur ma tempe –, ça ne tourne pas rond là-haut. Il oublie tout ! Absolument tout !

Mon client me lança un regard si chargé de haine que l'on aurait pu y découper des cubes et les empiler pour fabriquer des murs d'hostilité pure.

Je pris un air déçu.

— Flûte alors ! Moi qui pensais vous faire une bonne surprise ! C'est raté !

Pierre Hidalgo me fusilla du regard tandis que ses gardes du corps, mobilisant les quelques neurones que les anabolisants ne leur avaient pas grillés, tentaient de comprendre s'il fallait sourire ou me sauter à la gorge. N'y parvenant pas, ils gonflèrent leurs biceps et leurs deltoïdes hypertrophiés, convaincus que si une démonstration de force ne fait pas de bien, elle ne peut pas faire de mal.

Pour ma part, j'en rajoutai une petite louche.

— Non vraiment, je suis confus d'une telle boulette. Bon, puisque c'est ainsi, nous allons partir, n'est-ce pas Joseph ?

Le regard du vieillard était presque liquide tant il flottait dans un océan d'incertitudes.

— On… on s'en va.

— Eh oui, Joseph ! On s'en va.

Je m'extirpai de mon siège et la main d'un des gardes du corps s'abattit sur mon épaule avec la légèreté d'une enclume.

— Vous n'allez nulle part, cracha Pierre Hidalgo.

Il se tourna vers ses malabars.

— Emmenez-les dans la suite. Discrètement et sans faire d'histoires. Je vous rejoins.

*

Resté seul, Pierre Hidalgo sort de sa poche son téléphone mobile. Il compose un numéro, se trompe, se trompe de nouveau, jure à mi-voix. Ses doigts, crispés sur le corps fuselé de son Smartphone, blanchissent. S'il ne se retenait pas, il lancerait de toutes ses forces l'appareil sur le sol de marbre pour le voir voler en éclat.

Mais il se contrôle, il se retient. Comme toujours et depuis toujours. La colère, c'est bon pour son con de père, cette brute, cet arriéré vulgaire qui lui fait honte et qu'il hait de toutes ses forces. Il respire profondément et compose plus calmement les dix chiffres de son correspondant, qui décroche immédiatement.

— Manuel ? Espèce de crétin ! Où es-tu ? Magne-toi ! Fiera est ici ! Avec mon père ! Tu as complètement foiré ta mission… Non ! Ta gueule ! Je ne veux rien entendre ! Rapplique ! C'est tout !

Il coupe la communication et appelle un autre numéro qui, une fois encore, répond sans attendre.

— C'est Hidalgo. Fiera est là avec mon père. Je tiendrai mon engagement, tenez le vôtre… OK. Je vous attends.

*

Il m'aurait suffi de faire un peu de barouf pour voir rappliquer le personnel du palace et, ainsi, contraindre les trois culturistes à la gomme à me foutre la paix. Mais cela ne collait pas avec le « genre » de plan que j'avais exposé à Adélaïde et qui nécessitait au contraire que nous puissions nous confronter dans un endroit tranquille.

Nous les suivîmes donc sans faire d'histoires, même Joseph, dont le contact avec la réalité semblait s'effilocher comme un vieux pull-over accroché à des barbelés.

— Qui sont ces gens ? me demanda-t-il à mi-voix en roulant des yeux inquiets.

— Ce sont les trois petits cochons. Le rougeaud, là, c'est Nif-Nif. Celui avec une gueule d'abruti,

Naf-Naf, et le troisième avec un crâne pointu de débile mental, ça doit être Nouf-Nouf.

Je vis les muscles de Nouf-Nouf gonfler le tissu brillant de son costume de prix et je crus qu'il allait m'en retourner une, séance tenante. Il parvint néanmoins à se contrôler.

— Je m'occuperai de toi quand on sera tranquille. Tu feras moins le malin.

Je tapotai le bras de Joseph.

— Ne vous inquiétez pas. Nouf-Nouf a mauvais caractère mais c'est juste un gros bout de bidoche gonflé aux hormones. La petite fille de ma voisine est plus dangereuse que lui. En plus, avec les stéroïdes qu'il a dû bouffer, ses coucougnettes doivent ressembler à des pois chiches.

Joseph rigola.

— Je m'en doutais. Ces culturistes, c'est tapettes et compagnie. Toujours à s'enduire de gras et à se regarder dans les miroirs.

Cette fois, Nif-Nif dut intervenir pour calmer son collègue qui semblait chatouilleux question sexualité.

— Dites au petit vieux de la boucler, sinon je suis pas sûr de pouvoir empêcher mon pote d'en faire du petit bois.

— Dites-le-lui vous-même.

Nif-Nif soupira et se tourna vers Joseph.

— Écoute, papy, tu vas la fermer, sinon…

— *Me cago en tu madre, cabrón !*[18]

Et Joseph lui balança un coup de tête en pleine face qui, bien que manquant un peu de force et

---

[18] *Je chie dans ta mère, connard !*

d'entraînement, explosa néanmoins le tarbouif du colosse, qui recula en vacillant. Son nez pissait le sang et sa chemise s'ornait désormais d'une carte du Bénin cramoisie.

Personne n'avait rien remarqué et les trois petits cochons nous traînèrent sans ménagement vers les ascenseurs, nous y enfournèrent comme du linge sale et nous propulsèrent vers le dernier étage du palace où créchait leur patron.

Ils semblaient un brin énervés.

Il allait falloir les calmer.

Quand Pierre Hidalgo nous rejoignit quelques instants plus tard, il eut l'air surpris de la scène qu'il découvrit en ouvrant la porte de la chambre. Joseph et moi-même étions assis sagement sur le lit, tandis que Nif-Nif et compagnie, les bras ballants et un sourire figé sur leurs gueules d'abrutis, faisaient le pied de grue sur la moquette.

On ne devient pas chef d'entreprise sans posséder une bonne dose de parano et Hidalgo se figea, soudain suspicieux.

— Qu'est-ce qui se passe, là ? J'ai loupé quelque chose ?

— Tu as loupé ta vie, connard, lui répondit Adélaïde en posant sur sa gorge le tranchant de son poignard préféré, un engin à désosser les dinosaures, qui ne la quittait jamais. Avance !

Pierre Hidalgo obéit et Adélaïde referma la porte d'un mouvement de pied. Le PDG semblait soudain moins faraud, pour ne pas dire qu'il commençait à sérieusement humecter son petit linge.

— Butez-la ! Butez-la, pleurnicha-t-il.

Je lui désignai trois corps éparpillés dans la chambre dans des positions artistiques.

— Ces messieurs ont essayé de le faire – avec un succès très relatif comme vous pouvez le constater et avec, pour conséquence, de refroidir considérablement l'ardeur guerrière et la motivation de leurs trois collègues ici présents. Ils n'avaient plus le cœur à l'ouvrage. Allez savoir pourquoi.

Pendant que je pérorai, Adélaïde avait fouillé Pierre Hidalgo sans trouver d'arme. Elle lui flanqua une violente bourrade dans le dos et il tomba à genoux. Elle rangea son poignard et exhiba un SIG Sauer qu'elle braqua sur les trois nervis.

Quittant le lit, je soulevai sans ménagement celui qui avait été mon client et le forçai à s'asseoir à la place que j'occupais précédemment, aux côtés de son père.

— Eh bien ! Voici la famille Hidalgo enfin réunie. C'est toujours touchant, ces retrouvailles, l'amour paternel, la piété filiale, tout ça, tout ça… Mais un tel déballage de tendresse me bouleverse, alors on va peut-être changer de registre.

Prenant délicatement le bras de Joseph, désormais aussi mince et fragile que celui d'un enfant, je l'aidai à se lever et le conduisis jusqu'à un fauteuil situé près d'une fenêtre. Il me sourit gentiment et s'absorba dans la contemplation des arbres centenaires qui ornaient le parc de l'hôtel.

Je retournai près de la porte aux côtés d'Adélaïde et m'adressai aux trois gardes du corps survivants.

— Si vous avez des projets d'avenir, je vous suggère fortement de faire ce que je dis. On est d'accord ?

Ils acquiescèrent avec un entrain qui faisait plaisir à voir.

— Parfait ! Alors vous allez baisser vos frocs, aérer popaul et vous asseoir bien sagement sur vos mains. Le premier qui fait un geste un peu trop brusque se mange une bastos et à cette distance, la probabilité de vous rater est proche de… proche de rien, à vrai dire. Donc tenez-vous tranquilles.

Ils s'entre-regardèrent, me regardèrent, regardèrent Adélaïde et son flingue qui ne bougeait pas d'un millimètre et, tout en maugréant, baissèrent frocs et caleçons et, s'étant accroupis, posèrent leurs culs sur leurs grosses paluches. Adélaïde passa derrière eux et, retournant le haut de leurs vestes, leur emprisonna les bras. Pour faire bonne mesure, je pris une photo des trois gugusses, que je postai sur les réseaux sociaux.

— Va falloir songer à changer de métier, les gars. Et à déménager.

Ils tirèrent la gueule mais, matés, ils ne nous emmerderaient plus avant un petit moment. Enfin, en théorie…

— Espèce de fils de p… commença l'un d'entre eux.

Mais il ne termina pas sa phrase car il est assez difficile de parler quand la semelle d'une rangers vient de vous exploser les lèvres et de vous aplatir le nez. Adélaïde est parfois excessivement protectrice à mon égard.

— Ce n'était pas nécessaire, lui dis-je un brin irrité. Je m'en sortais très bien.

— Cela n'a rien à voir avec toi. Je n'aime pas que ce genre de racaille insulte les femmes.

— Ah ! Si c'est pour une bonne cause… C'est autre chose.

Je vins me planter en face de Pierre Hidalgo, qui semblait sur le point de tourner de l'œil. Manifestement, les scènes d'action lui plaisaient beaucoup moins quand il n'y tenait pas le beau rôle.

— Vous avez un sérieux problème de recrutement. Vous les avez trouvés où, ces baltringues ?

— Vous voulez combien ? Je peux vous donner beaucoup d'argent.

— Vous m'avez déjà payé pour faire un certain travail et j'essaye de le terminer.

Même impuissant, même mort de trouille, Hidalgo ne pouvait s'empêcher d'être un petit con venimeux.

— Vous allez me jouer la scène du mec incorruptible ? En général, ça veut juste dire que ça va me coûter plus cher.

Adélaïde s'approcha de lui et, posant un pied lourdement chaussé sur le lit, commença à le regarder comme s'il était un insecte bizarre ou une pièce de viande à découper.

Il devint très nerveux.

Adélaïde produit cet effet-là, en général.

— Ne me faites pas de mal !

Je me penchai vers lui.

— Mon amie Adélaïde, ici présente, est globalement… comment dirais-je… incontrôlable et foutrement dangereuse de surcroît. Donc, si j'étais vous, je ferais tout ce qui est en mon pouvoir pour ne pas la contrarier. Cela risquerait d'être la dernière chose que vous feriez en ce monde.

— Mais vous voulez quoi ? pleurnicha Hidalgo.

— Il est évident que c'est vous qui avez organisé tout ça. Ce que je ne comprends pas – et j'ai horreur de ne pas comprendre –, c'est pourquoi avoir monté une telle mise en scène quand il vous suffisait de faire sortir votre père de sa maison de retraite, de le faire parler d'une manière ou d'une autre et de récupérer tranquillement les dix tonnes d'or…

Les yeux écarquillés et la lèvre pendante, mon client parut aussi abasourdi que s'il venait de se découvrir un deuxième trou du cul.

— Dix tonnes d'or ? Mais de quoi parlez-vous ?

— Arrêtez de nier l'évidence et…

Adélaïde m'interrompit en me tapant sur l'épaule.

— Regarde ses pupilles… Il ne ment pas. Il ne sait rien au sujet de l'or.

Personne n'aime entendre parler de soi à la troisième personne, et se voir ainsi chosifié et relégué à l'état d'objet ou de quantité négligeable est parfaitement irritant. C'était également vrai pour Pierre Hidalgo, qui commença à piailler.

— Mais enfin ! De quoi parlez-vous ? Je ne comprends pas !

Je lui retournai la baffe qui me démangeait la paume depuis la première fois où je l'avais rencontré, au bord de sa piscine.

— Fermez-la !

Je fis plusieurs allées et venues irritées au travers de la chambre.

— Je dois appeler Fred. Il faut que je vérifie un truc !

Perdu dans mes pensées, perturbé par l'ignorance manifeste d'Hidalgo et un brin vexé de m'être planté dans mon raisonnement, c'est de façon totalement mécanique et donc stupide que je réagis quand on frappa à la porte : je l'ouvris.

Adélaïde n'eut que le temps d'esquisser un geste pour m'en dissuader quand je me retrouvai face à l'antipathique canon d'un Beretta 92. En temps normal, ce n'est déjà pas mon pistolet préféré, mais quand je l'ai sous le pif, il me devient carrément odieux. Surtout quand il prolonge le bras d'une jeune et jolie capitaine des renseignements algériens que je pensais avoir semée et qui avait quelques raisons de m'en vouloir.

Je reculai un peu vivement, trébuchai et me flanquai la gueule par terre.

Leïla sauta gracieusement par-dessus ma lourde carcasse et visa Adélaïde qui fut bien obligée de lever les mains en l'air. J'allai me relever et tenter de calmer le jeu quand un petit mec trapu affligé d'une gueule de baudroie boudeuse et d'un regard de psychopathe me releva d'une seule main et me colla brutalement sous le menton un flingue aussi moche et compact que lui.

— C'est quoi, cette arme de nain ? lui demandai-je.

— Un Steyr Mannlicher S9-A1 et ça peut te faire sauter la gueule aussi bien que n'importe quel autre calibre.

Et sur ces fortes paroles et toujours d'une seule main, il m'expédia sur le lit où j'allai rebondir avec la grâce d'un sac de ciment. Je m'apprêtai à revenir à la charge quand je vis les trois gars baraqués qui entrèrent à leur tour dans la chambre, fermant la porte derrière eux et déséquilibrant définitivement le rapport de force.

— On fait quoi ? me demanda Adélaïde.

— Pour l'instant rien.

Je m'assis sur le bord du matelas et me tournai vers le gars qui m'avait initié au vol plané.

— Si je parie que vous êtes Manuel Marquez, je gagne quoi ?

— Le droit de fermer ta gueule, me répondit l'intéressé.

Leïla, qui braquait toujours Adélaïde, devait commencer à avoir des crampes car elle apostropha mon amie.

— Tu jettes ton flingue en le tenant par le canon et tu t'assois près de Fiera.

— Tu veux mon arme ? Viens la chercher, pétasse ! lança Adélaïde avec un je-ne-sais-quoi de dangereusement gourmand dans le regard.

Cette nana est dingue mais c'est ma nana.

— Laisse tomber. C'est une barbouze et elle se fout pas mal de te buter à la déloyale. Fais ce qu'elle demande. Pour l'instant.

Elle me regarda et saisit le message que je lui envoyai. Elle sortit donc délicatement de son holster l'arme qu'elle gardait sous le bras droit et le tenant par le canon, le balança à l'autre bout de la pièce. Elle vint s'asseoir à ma gauche.

À ma droite, tremblant comme une feuille et manifestement au bord de la crise de nerfs, Pierre Hidalgo, que tout le monde semblait avoir oublié, se mit soudain à hurler.

— Espèce de fils de pute ! Qu'est-ce que c'est que ce bordel ? Explique-toi ! Et vite !

Le gars que je soupçonnais d'être Manuel Marquez fit un signe à l'un de ses sbires qui balança au milliardaire une droite manquant totalement de style mais dont la puissance suffit à le réduire au silence.

Je me tournai vers Leïla qui semblait tendue et anormalement sur ses gardes pour quelqu'un supposé maîtriser la situation.

— Ça va, Leïla ? Ou peut-être faut-il vous appeler autrement ?

— Ne m'appelez pas du tout, ça sera encore mieux.

— Elle est pas cool, votre copine, lançai-je au supposé Marquez.

— C'est pas ma copine.

— Votre associée alors ? Partenaire ? Complice ?

— Ta gueule.

— Vous vous répétez. Vous n'êtes pas très fortiche rayon dialogue, je trouve.

Avant qu'il n'ait le temps de me répondre, il fut interrompu par un de ses gros bras qui attira son attention.

— Eh ! Patron ! Y a le vioque qui va pas bien, là… Il vibre.

Nous nous tournâmes tous vers Joseph, qui – le garde ne s'était pas trompé – commençait effectivement à vibrer, plus tendu qu'une corde de violon et visiblement prêt à craquer ou à faire une crise de nerfs. Un gémissement insupportable, un gémissement d'animal blessé et terrifié, commença à remonter du plus profond de ses tripes, et tout indiquait qu'il allait se conclure par un hurlement.

Manuel Marquez se tourna vers Adélaïde.

— Toi, la gouine, tu vas calmer le débris. Fissa !

Adélaïde ne fit même pas mine de bouger.

Je souris.

— Vous avez oublié les mots magiques : s'il vous plaît !

Il braqua son flingue sur ma tête et regardant mon amie avec un sourire de squale, lui lança en articulant exagérément :

— S'il-v-ous-pl-aît !

Adélaïde le regarda longuement et posément, comme un croque-mort prenant des mensurations, puis elle se leva souplement et alla rejoindre Joseph qu'elle prit dans ses bras, posant doucement la tête du vieillard sur sa si jolie poitrine. Il se calma presque instantanément.

On le comprend.

C'est ce moment, parfaitement inapproprié, que choisit l'un des gardes du corps de Pierre Hidalgo, toujours assis sur la moquette avec le pantalon aux chevilles et les mains coincées sous les fesses, pour ramener sa grande gueule qui avait réussi, jusque-là, à se faire oublier.

— Écoutez… Nous, on n'est pour rien dans ce merdier… Alors on pourrait se barrer, non ? Ou alors bosser pour vous si vous préférez…

Marquez le regarda comme s'il constituait à ses yeux une stupéfiante anomalie biologique, une énigme zoologique ne trouvant pas sa place dans les classifications de Linné.

— La suggestion est intéressante, malheureusement l'offre excède la demande et tu sais ce qui arrive dans ce cas-là ?

— Ben non…

— On élimine les excédents…

Il sortit alors de sa poche un silencieux qu'il vissa posément sur le canon trapu de son Steyr Mannlicher et abattit tout aussi posément les trois malheureux gardes du corps qui s'affaissèrent dans des poses indignes et grotesques.

Marquez se tourna vers Hidalgo et moi.

— Du même coup, je vous démontre que je ne plaisante pas.

— Vous avez une vision de l'économie qui date un peu, lui lançai-je par pure bravade.

Hidalgo, pour sa part, semblait proche de perdre les pédales.

— Espèce de salaud… Pauvre petite merde…

Marquez le gifla avec son arme, déchirant sa pommette qui se mit à pisser le sang. Mais Hidalgo, avec cette espèce de courage insensé que donne le désespoir, se redressa, le visage barbouillé de raisiné et les yeux pleins de fureur.

— Alors tu tiens ta minable petite revanche, c'est ça ? Tu en avais marre d'être le *loser* de service ? L'ami pauvre, le raté, le petit voyou qu'on traîne comme un boulet ? Pauvre minable…

L'ami d'enfance ne parut pas spécialement ébranlé par cette tirade et il hocha la tête, comme un instituteur un peu déçu par un élève dont il espérait mieux. Il colla son silencieux contre le front de mon client.

— Jusqu'au bout, tu n'auras rien compris. Tu n'as jamais rien compris. Je n'ai plus besoin de toi. Personne n'a besoin de toi. Personne n'a jamais eu besoin de toi.

Il appuya doucement sur la détente, et le projectile de 9 mm Parabellum qui jaillit du canon à approximativement trois cents mètres à la seconde traversa la boîte crânienne de Pierre Hidalgo pour en répandre le contenu sur le lit en une impressionnante gerbe de sang, de cervelle et d'os. Le corps de feu mon client resta à l'équilibre un bref instant avant de basculer vers l'arrière ; ses yeux écarquillés semblaient contempler le plafond avec un profond étonnement.

Joseph se mit à hurler et tenta de bondir vers le corps de son fils mais Adélaïde le retint de toutes ses forces et, l'enlaçant dans ses bras musculeux, se mit à le bercer tout en lui caressant les cheveux. Il sanglotait, terrassé de chagrin, mais se calma peu à peu.

Leïla flanqua une violente bourrade à Marquez qui se retourna violemment vers elle, prêt à bondir.

— Mais vous êtes complètement dingue ! Pourquoi avez-vous fait ça ?

— Je supprime une pièce inutile.

Tout ce petit monde paraissait passablement excité, et c'était le moment rêvé pour tenter de foutre encore plus la pagaille en tapant sur les nerfs de tout le monde, ce qui, de l'avis général, est l'un de mes talents incontestables.

— On ne vous a jamais dit, Marquez, que vous avez un sérieux problème relationnel ? On ne tue pas ses amis, enfin ! Ça ne se fait pas ! C'est très désobligeant !

— Et toi, on ne t'a jamais dit que tu parles comme une vraie gonzesse ?

— Mais enfin ! Vous avez tué votre ami !

Marquez, avec une élégance rare et un reniflement gras, alla chercher au fond de son arrière-gorge une grosse boule de flegme qu'il balança sur le cadavre encore chaud de Pierre Hidalgo.

— Ce connard n'était pas mon ami.

Leïla insista. Elle n'avait pas froid aux yeux, cette fille-là, il fallait le lui reconnaître.

— Putain ! Regardez dans quel état est son père ! Je ne sais pas ce qui me retient de vous buter !

Je mis encore mon grain de sel et fis mine de me lever.

— Écoutez, vous avez manifestement encore plein de choses à régler, de débats passionnants à trancher, alors on va vous laisser, c'est mieux…

Marquez et Leïla pivotèrent dans un synchronisme parfait, braquant sur ma fragile anatomie les deux canons de leurs dangereux jouets.

— Purée, cracha Marquez, vous pouvez pas vous empêcher de bavasser ! C'est pathologique ou quoi ?

La voix d'Adélaïde nous parvint de l'autre extrémité de la chambre.

— Je confirme : c'est pathologique.

Leïla hocha la tête et poussa un soupir qui semblait provenir du fond des âges, le soupir de la raison face au spectacle consternant de la bêtise et de la violence. Le soupir qu'elle avait déjà lâché juste avant de buter les deux kakous marseillais.

— Vous me faites vraiment tous chier !

Et dans un mouvement circulaire parfait, elle abattit Manuel Marquez et ses trois gardes du corps. Son arme ne portait pas de silencieux et nous restâmes à moitié assourdis par le fracas des détonations.

J'ai beau être habitué à un certain degré de violence, j'étais quand même un peu groggy. La chambre puait la cordite, la poudre, le sang et la merde, plusieurs des victimes ayant eu la mauvaise idée de vider leurs tripes à l'instant fatal.

D'un coup d'œil, je comptai les cadavres : onze ! Ce n'était plus une suite, mais une morgue.

Leïla me lança un regard qui était absolument tout sauf bienveillant :

— Vous avez de la chance que j'aie peut-être, je dis bien peut-être, besoin de vous, sinon vous seriez déjà mort. Par contre, je n'ai aucun besoin de l'autre gouinasse et je vais la désosser morceau par morceau si vous ne me dites pas tout ce que vous savez.

Je me levai et m'étirai très ostensiblement.

— Restez assis !

— Vous avez besoin de moi, vous venez de le dire. Vous ne pouvez pas me tuer.

— Je peux vous tirer dans toutes les articulations ! Vous faire souffrir.

Je levai les yeux au ciel tout en procédant à quelques étirements.

— Vous vous répétez ! Si vous aimez tant que ça faire mumuse avec la bidoche, il fallait devenir bouchère, pas espionne.

Leïla avait peut-être un flingue en main, mais elle n'avait plus aucun allié – ils gisaient éparpillés sur la moquette – et elle devait surveiller deux adversaires situés à deux points diamétralement opposés. Ce qu'elle faisait en jouant nerveusement de la pupille.

Les palaces mettent toujours à disposition de leurs fortunés clients de somptueuses corbeilles de fruits en guise de bienvenue. Profitant d'un court instant de distraction du capitaine Arezki, je piochai une pomme dans ladite corbeille et, dans un geste que n'aurait pas renié Sandy Koufax, un des plus célèbres lanceurs de base-ball américains, je lui balançai le fruit en plein dans le front. Leïla produisit un son bizarre et s'effondra, les yeux révulsés.

Je me précipitai, saisis son arme et vérifiai son pouls.

— Elle est vivante, cette salope ? s'enquit Adélaïde.

— Une pomme dans la poire et elle est dans les pommes, ricanai-je bêtement.

Du coin de l'œil, je vis qu'Adélaïde tentait, sans succès, de se dégager de l'étreinte de Joseph qui s'agrippait à elle de toutes ses forces.

— Tu veux pas m'aider à me dégager du crampon au lieu de faire des blagues pourries ? On croirait un arapède, ce vieux !

— Ah ! C'est beau, l'amour.

Adélaïde poussa un petit cri écœuré.

— En plus il bande, ce vieux bouc !

— Ah bon ? Il m'avait dit qu'il ne pouvait plus ! Tu lui fais vraiment de l'effet ! Chapeau !

— Je ne veux même pas savoir comment vous en êtes arrivés à parler de ça.

Elle parvint finalement à se dégager et avec beaucoup de douceur, elle installa confortablement Joseph près de la fenêtre, allant même jusqu'à lui embrasser le front.

— Regardez le jardin, c'est très joli. Je reviens vite mais je dois parler un peu avec Thomas. D'accord ?

Le vieillard hocha la tête distraitement : il était déjà parti dans cet ailleurs qui, de plus en plus, constituait son univers.

Adélaïde me rejoignit et m'aida à tirer une Leïla encore inconsciente jusqu'à un radiateur auquel je la menottai. La relation que j'entretenais avec la jolie barbouze des renseignements algériens ressemblait de plus en plus à une histoire sado-maso : il y était beaucoup question de menottes et de baffes dans la gueule.

Attrapant un vase sur une console, j'en sortis les fleurs que je posai délicatement sur le lit et en balançai la flotte dans la figure du capitaine qui sursauta, s'ébroua et jura violemment. Elle semblait un peu groggy. Son regard divaguait presque autant que celui de Joseph. Une petite commotion cérébrale sans doute. Je m'accroupis en face d'elle.

— Coucou Leïla ! Vous allez bien ? Vous arrivez à mettre au point ?

— *Bikelboun !*[19] cracha la jeune femme avec mépris.

Mes rudiments d'arabe ne me permirent pas de saisir tout le sel de ce qui était très vraisemblablement une insulte. C'était néanmoins compter sans les compétences d'Adélaïde qui, quand elle ne fait pas des trous dans les gens avec des armes de fort calibre, est par ailleurs docteur en linguistique et maîtrise moult langues et dialectes du Maghreb et d'Afrique subsaharienne.

— Elle vient de te traiter de fils de chien, me précisa donc mon interprète préférée.

— Mon amie est linguiste, expliquai-je à Leïla. Enfin, disons qu'avant d'être une tueuse à temps partiel, elle était linguiste à plein temps.

[19] *Enfant élevé par des chiens !*

— Je sais très bien qui est Adélaïde Renucci. *Nardenemouk !*[20]

Ça, j'avais compris ! Notre prisonnière ouvrit la bouche pour continuer son festival de grossièreté mais je décidai d'y mettre fin et profitai de ce qu'elle avait la bouche ouverte pour y fourrer le canon de mon Glock.

— On va arrêter les insultes maintenant et on va causer sérieusement. OK ? Nous sommes dans un palace et dans un palace, on hésite à déranger les clients sans motif sérieux. Mais il ne leur faudra pas tergiverser très longtemps pour finir par considérer que quatre détonations constituent sans doute ce que l'on peut appeler un motif sérieux. Si tu es OK pour discuter et que tu n'as pas envie que ta cervelle décore le mur derrière toi, bats des paupières.

Les paupières de Leïla restèrent absolument, résolument et outrageusement immobiles. S'il existait un trophée international de l'immobilité, ces paupières délicates ornées de cils magnifiques auraient remporté sans conteste la compétition.

— Tu penses que je n'aurais pas les couilles de tuer une jeune femme de sang-froid, c'est ça ?

Elle battit des paupières et parvint, je ne sais comment, à donner une inflexion méprisante et ironique à ce geste microscopique : elle avait le muscle orbiculaire palpébral particulièrement expressif !

— Et tu as parfaitement raison, repris-je. C'est d'ailleurs pour cela que je vais te confier à mon amie ici présente, qui n'est pas encombrée par ce genre de scrupule ridicule. Et puisque tu dis connaître

---

[20] *Va te faire foutre !*

Adélaïde Renucci, tu sais que je ne mens pas.

La capitaine blêmit légèrement et un voile de sueur malsaine apparut soudainement sur son front. Adélaïde produit ce genre d'effet. Surtout quand elle sort langoureusement de sa gaine de cuir le monstrueux poignard qui ne quitte jamais son flanc.

— *He hais harler ! He hais harler !* ânonna péniblement Leïla.

— Tu vas parler ?

Clignements de paupières coopératifs.

— Tu préfères traiter avec moi ?

Clignements de paupières enthousiastes.

— Tu vas tout me raconter ?

Clignements de paupières frénétiques.

— Alors nous t'écoutons.

Je retirai délicatement le canon de mon flingue de sa jolie bouche et, invitant Adélaïde d'un signe de tête à faire comme moi, j'allai m'adosser confortablement contre un fauteuil, prêt à écouter la belle histoire de notre Schéhérazade.

Mais celle-ci n'était pas encore déterminée à parler. Son joli minois me faisait à chaque fois oublier qu'elle appartenait à un des meilleurs et des plus brutaux services de renseignements de la planète, connu pour ses moyens expéditifs et l'excellent entraînement de ses officiers. Avant même d'être des assassins sans aucuns scrupules, les espions sont des maîtres ès manipulation. C'est l'essence même de leur profession si peu recommandable, et oublier ce point de détail vous expose à de graves déconvenues.

— Vous vous croyez très malins mais vous n'avez rien compris.

Je lui souris.

— Ne rien comprendre est pour moi plus qu'un état de fait, c'est une philosophie et un mode de vie.

Adélaïde acquiesça.

— Je confirme.

Leïla nous regarda sans comprendre. Son logiciel d'agent secret tournait à fond pour tenter de déchiffrer notre comportement, mais rien dans sa formation ne l'avait préparée à des tarés de notre acabit.

— Écoutez ! Je vais vous proposer un deal.

— Leïla. Tu commences à me les briser et je crains que tu ne sois malencontreusement en train d'user le peu de patience qui reste encore à Adélaïde.

Ma compagne tchipa.[21]

— Il ne m'en reste déjà plus.

— Tu vois, Leïla ? Tu vis dangereusement, là ! Tu devrais vraiment nous parler.

Derrière ses yeux affolés on voyait son cerveau pédaler comme un hamster dans sa roue. Elle tâchait de gagner du temps mais les options qui lui restaient n'auraient pas encombré un dé à coudre.

— Je croyais que vous étiez les gentils dans cette histoire…

— Mais nous sommes super gentils, n'est-ce pas, Adélaïde ?

Celle-ci opina mollement.

— Mais moi, je suis un gentil qui fracasse la gueule des bandits et Adélaïde est une gentille qui tue

---

[21] *Tchiper : produire un petit bruit avec la bouche pour exprimer l'ironie ou la désapprobation. Cette habitude est très fréquente chez les personnes originaires d'Afrique subsaharienne.*

les méchants. Tu en es à combien déjà ? demandai-je nonchalamment à ma compagne.

— Cent vingt-sept ou cent vingt-huit.

Du coin de l'œil, je vis bien que cette étrange discussion de salon sur nos capacités létales respectives commençait à produire son petit effet sur notre prisonnière, qui semblait totalement hallucinée.

— Cette imprécision m'étonne de ta part.

— Mouais. C'était en Afrique. Une grenade balancée dans une pièce fermée.

— Et ?

— Et tu imagines le résultat : de la barbaque partout. J'ai pas réussi à savoir exactement combien de corps se trouvaient là-dedans…

— Fallait compter les pieds et diviser par deux.

— Et si tu as un unijambiste dans le lot, ça te flingue ton calcul.

Je souris à Leïla qui semblait sur le point de s'évanouir.

— Mon amie est une perfectionniste.

À ce moment, nous entendîmes Joseph qui commençait à s'agiter et à geindre. Je me tournai vers Adélaïde.

— Ton amoureux te réclame !

Elle me fusilla du regard : douze balles dans la peau et un coup de grâce.

— Ça, tu me le paieras.

Elle se leva souplement et rejoignit Joseph qui se lova dans ses bras.

Je revins à Leïla.

— Bon… Où en étions-nous ?

— Écoutez… Je vais vous dire tout ce que je sais… Mais il nous faut un deal, OK ?

— Vous êtes têtue ! Un vrai *'hmar* ![22] Allez, parlez et on verra après.

Ses épaules s'affaissèrent et elle hocha la tête, vaincue.

— C'était en 1961…

Et par la magie de la parole, je me retrouvai soudain très loin, par-delà le temps et l'espace, dans ce pays d'où venait ma famille, ce pays brûlé par le soleil et la folie des hommes, ce paradis perdu dans la nostalgie duquel j'avais été élevé et dont le deuil ferait à tout jamais de moi un exilé.

— … C'était en 1961. On touchait à la fin de ce que l'on nommait alors les « événements d'Algérie », une de ces sales guerres d'où tout le monde sort plus ou moins vaincu et qui laissent derrière elles des plaies profondes, infectées et incapables de cicatriser… Quoi qu'il en soit et même si les tractations secrètes laissaient déjà entrevoir aux dirigeants indépendantistes la perspective d'une victoire, rien n'était encore complètement joué. Le FLN avait même intensifié la collecte de ce qu'il appelait l'impôt révolutionnaire, qui consistait à racketter pas toujours pacifiquement les Algériens vivant en France dans les cités HLM et les bidonvilles des banlieues industrielles… Le FLN, le MNA[23] et toutes les différentes factions qui avaient combattu la puissance coloniale savaient qu'une fois l'indépendance venue, un autre combat commencerait, le combat pour le pouvoir, et que ce combat-là, aussi, nécessiterait des moyens consi-

---

22 *Bourricot.*

23 *Mouvement National Algérien.*

dérables… Ils avaient ainsi récolté, en pressurant les OS de Renault et les manœuvres du BTP, une véritable petite fortune, un trésor de guerre qu'ils ont décidé de transformer en lingots pour le mettre à l'abri d'éventuelles fluctuations monétaires.

J'interrompis Leïla.

— Je n'arrive pas à comprendre cette histoire de lingots. C'est complètement idiot. Pourquoi pas des dollars, des titres, des actions, des obligations ? Des trucs plus faciles à transbahuter et à négocier discrètement que de foutus lingots ?

— Ces combattants étaient pour la plupart des gens simples. Même nos leaders. Ils n'avaient pas fait Harvard ou l'École de Guerre. Les plus instruits d'entre eux étaient pour la plupart des fils de paysans, des *fellah'*. Pour eux, l'or était magique, sacré.

— Il n'y a pas que pour eux. Je comprends. Continue.

— Il y avait dix tonnes d'or. Ils les ont réparties dans deux camions et avec des tas de complicités, notamment dans le port de Marseille, ils sont parvenus à les acheminer en Algérie. Ils ont débarqué dans une crique tranquille, près d'Oran et de là, ils ont convoyé l'or jusque dans les Aurès. Ils avaient de faux papiers et tous les documents permettant de franchir les barrages militaires. L'or était caché dans des ballots de laine qui puaient le suif pour dissuader les jeunes appelés d'aller fouiller trop loin… Mais quelques kilomètres avant d'arriver à destination, les camions ont été attaqués et toute l'escorte a été massacrée. L'or a disparu… Les services de renseignements du FLN ont enquêté pendant et après la guerre mais ils n'ont rien trouvé. Ils ont même fait appel à des sympathisants français qui pouvaient plus facilement qu'eux s'introduire auprès de l'armée, des barbouzes ou de l'OAS. Rien ! Aucunes traces !

Je l'interrompis à nouveau.

— Et c'est donc Joseph Bastos, alias Joseph Hidalgo, cadre de l'OAS, qui a volé l'or et l'a ensuite fait disparaître avant de s'éclipser pour éviter la vengeance de ses petits copains ? On sait tout ça… Ou du moins, je l'avais deviné. Rien de neuf.

— Non, justement. Vous ne savez pas tout. Vous ne vous êtes jamais demandé pourquoi Pierre Hidalgo vous avait recruté ? Vous ? Et cela ne vous surprend pas que Marquez ait collaboré avec moi ?

— C'est vrai que tout ça est un peu bizarre.

— Dans le terrible désordre politique, social et militaire qui régnait alors en Algérie, une telle opération aurait été impossible sans de nombreuses complicités et sans la collaboration de trois hommes que tout séparait : leurs origines, leurs opinions et sans doute même leurs motivations… Ces trois hommes étaient Joseph Bastos, de l'OAS, Miguel Marquez – le père de Manuel –, un truand et une barbouze qui bossait pour De Gaulle, et Mohamed Arezki, mon père, officier du FLN… Ils ne s'aimaient pas et avaient tous des raisons différentes de voler cet or : Bastos pensait pouvoir un jour reconquérir l'Algérie, Marquez voulait tout bonnement s'enrichir et mon père souhaitait se venger du FLN qui avait fait exécuter son frère pour d'obscurs conflits internes… Ils étaient seulement d'accord sur le fait qu'il fallait cacher cet or pendant quelques années avant d'y toucher et c'est là qu'est intervenu un quatrième homme, un homme qu'ils connaissaient tous les trois, par les hasards de l'existence ; un homme honnête auquel ils pouvaient tous accorder la confiance qu'ils ne s'accordaient pas entre eux... C'était un genre de lointain cousin de Bastos, un ami d'enfance avec qui il s'était fâché à cause de la politique... Ce type était communiste, un rêveur un peu naïf qui croyait à une Algérie où Européens et Algériens auraient été tous égaux. Il voyait ça comme une Californie idéale, une oasis de paix et de progrès qui aurait renoué avec le brillant et la tolérance de Tolède ou de Grenade au temps du califat. C'était un pauvre con ! Mais un con honnête. Un con qui n'avait qu'une parole... Il a donc caché l'or et a écrit des indications qu'il a remises aux trois voleurs. Chacun des trois n'avait qu'un morceau d'information et il leur était impossible de se voler mutuellement.

Je revins brutalement à la réalité de la chambre d'hôtel, au présent et au carnage qui m'entourait.

— Alors ? Qu'est-ce qui a merdé ?

— Rien n'a merdé, ou alors tout... La vie, quoi. L'ironie du sort. Appelez-ça comme vous voudrez. Toujours est-il qu'ils n'ont pas pu récupérer l'or. Bastos et Marquez ont dû foutre le camp en France pour éviter de se retrouver égorgés avec la bite dans la bouche et mon père est parti en prison pendant vingt ans. Les années ont passé, Miguel Marquez s'est fait buter pendant un braquage. Une balle perdue. Et puis après être sorti de prison, mon père s'est marié et je suis née. J'avais cinq ans quand il est tombé malade : cancer foudroyant, liquidé en un mois.

— Et ils n'ont pas eu le temps de récupérer l'or ?

— Bien sûr que non. Tout est resté en Algérie, on ne sait pas où.

À l'autre bout de la pièce, Joseph, même dans les bras d'Adélaïde, recommençait à s'agiter. Mon amie aussi trouvait le temps long.

— Désolée de perturber ce délicieux moment de communication nostalgique, me lança-t-elle, mais je te rappelle que cette piaule contient onze macchabées que nous risquons d'avoir du mal à expliquer. Il faut qu'on trisse, et fissa !

— Encore quelques minutes et on se barre.

Je me tournai de nouveau vers Leïla et lui fis signe de continuer.

— L'or était donc resté en Algérie. Bastos et Marquez étaient en France, mon père en prison. Ils n'ont même pas eu le temps de prévenir qui que ce soit. Enfin, mon père a essayé. Il m'avait écrit. Mais ma mère ne m'a donné la lettre que cette année.

— Pourquoi ?

— Allez savoir ! Les mères font des trucs comme ça. Des trucs de mère.

— Ne m'en parlez pas ! Et donc ? Cette lettre ?

— Il m'expliquait tout ce que je viens de raconter. Et m'envoyait son morceau de plan du trésor.

— Et tu as donc entrepris de retrouver les autres pour mettre la main sur le trésor par la même occasion ?

— Dix tonnes d'or, ça donne quelques raisons de se bouger le cul, non ?

J'opinai en silence car le silence est d'or, comme chacun sait.

— Oui. Marquez a été le plus facile à trouver. Un voyou comme ça laisse des traces bien visibles qu'il suffit de remonter. C'est moi qui lui ai tout révélé. Il ne savait rien. Après ma visite, il a fouillé les papiers de son père et a trouvé sa part du plan.

— Et Bastos ? Enfin, Hidalgo…

— Je n'arrivais pas à le retrouver. C'est Marquez qui m'y a aidée.

— Comment ça ?

— Après la mort de son père, sa famille s'est trouvée dans la mouise et c'est la famille Hidalgo qui les a secourus. Eux s'en étaient mieux sortis. Faut dire que Joseph, furieux d'avoir perdu l'or, était parti avec le trésor de guerre de son organisation. D'où le changement de nom.

— Et tu as appris ça comment ?

— Je vous rappelle que je suis officier de renseignements…

— Et Marquez ne savait pas qui était vraiment son bienfaiteur ?

— C'est moi qui le lui ai appris. Tout comme j'ai appris à Pierre Hidalgo qui il était vraiment… Mais ça, c'était plus tard.

— Tu voulais récupérer l'or pour toi-même, n'est-ce pas ? Pas pour ton gouvernement ?

— Mon gouvernement a fait le malheur de ma famille. Je ne lui dois rien.

Cet argument était largement discutable, mais nous n'étions pas là pour un café philo et il faudrait remettre à plus tard, c'est-à-dire à jamais, ce passionnant débat éthique.

— Alors tu as envisagé de passer un genre de pacte avec les deux autres fistons pour récupérer l'or de vos pères… C'est ça ?

— Dans les grandes lignes. Mais j'ai vite compris que Pierre Hidalgo n'avait rien à nous offrir, sauf son père. Il ignorait tout du plan et était fâché à mort avec Joseph. Alors je ne lui ai pas parlé de l'or.

— Alors pourquoi a-t-il marché avec vous ?

— Je lui ai fait croire que je travaillais pour le gouvernement et que s'il nous livrait son père, nous lui offririons l'exclusivité du marché algérien des télécommunications.

— Il a vraiment cru que le gouvernement était prêt à cela pour un vulgaire assassin de l'OAS ?

— La haine aveugle autant que l'amour.

— Il vous a donc vendu son père pour un business ?

— C'était le prétexte. En fait, il nous a vendu son père pour que nous le tuions à sa place.

— Mais alors pourquoi s'en est-il occupé si longtemps ? Pourquoi lui avoir payé une maison de retraite luxueuse ? Il n'avait qu'à le laisser crever !

Du menton, elle désigna le cadavre de Pierre Hidalgo, toujours allongé sur le lit.

— C'est à lui qu'il aurait fallu demander ça. Mais ça me semble un peu tard maintenant. De toute façon, Fiera, vous avez fait des études de psycho quand vous étiez jeune, n'est-ce pas ? Ce n'est donc pas à vous que je vais apprendre à quel point les sentiments filiaux sont ambivalents. Amour, haine, admiration, mépris… Tout cela se mélange.

Je hochai la tête, incrédule.

— Son propre père… Quand même… Je n'en reviens pas…

— Les salopards engendrent des salopards.

Nous méditâmes quelques instants en silence cette affirmation à la psychologie un peu sommaire.

— Pourquoi ne pas avoir traité directement avec Joseph ?

— J'ai essayé. Je lui ai rendu visite dans son mouroir de luxe mais quand il m'a vue, moi, une bougnoule, j'ai cru qu'il allait me tuer. Et puis il a le cerveau en bouillie.

— Il ne t'a donc pas reconnue quand je t'ai prise en stop ?

— C'est facile de changer d'apparence. Et puis pour les racistes, tous les bicots se ressemblent, je présume.

— Et donc Hidalgo a organisé tout ça pour se débarrasser de son père sans faire de vagues… Quel salaud…

Adélaïde, à fond dans son nouveau rôle de protectrice, intervint sèchement.

— Et c'était quoi le plan ? Le torturer ? Lui arracher les ongles ?

Leïla haussa les épaules sans répondre et ce silence était plus glaçant qu'un aveu.

Je repris l'interrogatoire.

— Il y a quand même un truc que je ne pige pas. Pourquoi avoir buté les deux petits voyous sur la route s'ils étaient de ton côté ?

— Je me suis dit que cela pourrait vous inspirer confiance. Il faut parfois sacrifier des pions. Et puis ils ne manqueront pas à la société. C'étaient des crétins.

Cette nana me faisait de plus en plus l'effet de certains fruits qui, quand on les regarde, semblent mûrs à souhait, juteux, tentants et se révèlent pourris et bourrés de vers à la première bouchée.

— Tu es vraiment une salope d'une rare amoralité. En tout cas le Vésuve et moi, on a bien fait foirer tes plans.

Elle éclata de rire.

— Vous êtes bien un pied-noir : bavard, vantard, queutard. Vous avez pigé que dalle ! Vous aussi, vous faisiez partie du plan.

— Oui, le pigeon de service… Ça, j'avais compris…

— Vous croyez toujours tout comprendre et en fait vous ne comprenez rien. Le quatrième homme… celui qui a caché le magot… vous ne savez vraiment pas de qui il s'agit ?

— Comment le saurais-je ?

— Un pied-noir d'origine espagnole, communiste, rêveur, pathologiquement honnête et naïf… Ça ne vous évoque personne ?

Quelque part dans ma tête, une sonnette d'alarme se mit à résonner, une sonnette d'alarme que je ne voulus pas écouter, sinon j'aurais quitté cette chambre en courant.

— Ça m'évoque des tas de gens.

— Tant que ça ?

— Des couillons idéalistes, cocus de l'histoire, il y en a un certain nombre chez les émigrés espagnols. À commencer par mon père, par exemple.

Leïla sourit. Un sourire mauvais qui la faisait ressembler à une femme aigrie et pleine de fiel.

— Pablo Fiera. *Loser* magnifique et homme de parole. Ami de Joseph Bastos avec qui il s'était fâché à cause de la politique…

— Quoi ? Qu'est-ce que c'est que ces conneries ?

— Le quatrième homme. C'était votre père. C'est lui qui a planqué l'or on ne sait où.

— Tu racontes n'importe quoi et…

— C'était bien lui. Mon père me l'a écrit. Je sais que ce pauvre con de Pablo a emporté son secret dans la tombe mais au cas où il vous aurait glissé une indication, un indice, cela m'a paru une bonne idée de vous embarquer dans cette affaire. C'est donc moi qui ai suggéré à Hidalgo de vous recruter. On faisait d'une pierre deux coups.

Mon cœur battait de façon désordonnée, je me sentais froid, chaud, absent et horriblement présent en même temps. Comment une telle chose aurait-elle été possible ? Mon père ? Avec ces voyous ? Pourquoi ? Et qu'aurait-il fait de l'or ? Lui qui avait passé sa vie à tirer le diable par la queue et à accomplir miracles et sacrifices pour que sa famille ne manque pas de l'essentiel à défaut du superflu. Je ne comprenais plus rien et mourais d'envie de faire taire cette salope, une bonne fois pour toutes. Je la braquai avec mon arme. Je ne tremblais pas. Mon doigt se crispa et pendant une seconde d'éternité suspendue, je sus que je pourrais abattre froidement Leïla mais que si je le faisais, je me perdrais à jamais, moi et tout ce que mon père, justement, m'avait inculqué tout au long de sa vie.

J'abaissai mon arme, me relevai et me mis à arpenter la chambre en tous sens.

— Je n'arrive tout simplement pas à y croire.

— Ça expliquerait pourtant bien des choses, me souffle Adélaïde avec tendresse.

Elle y va doucement. Elle me connaît. Elle sait que le sujet, pour moi, comme pour beaucoup de gens d'ailleurs, est explosif, sensible, douloureux. Le père ! Cette ombre envahissante, écrasante, toute puissante, qui se projette sur la vie tout entière de chacun d'entre nous. Cette statue supposée parfaite et dont on ne peut que deviner, avec fascination et horreur les multiples imperfections. Cet inconnu qui nous tenait la main et auprès de qui on se sentait aussi fier, aussi protégé, aussi insignifiant. Cet objet d'amour dont on ne sait rien ou si peu de choses et à qui, le plus souvent, surtout quand on appartient, comme moi, à cette foutue culture méditerranéenne, on n'a jamais pu dire les seuls mots qui comptent, les mots qui auraient tout réglé, tout effacé, tout expliqué : je t'aime.

J'avais essayé un jour, de les lui dire. Un jour de dispute terrible, peu de temps avant que je quitte la maison familiale. Je m'étais avancé, les bras tendus et j'avais commencé *la-phrase-que-l'on-ne-doit-jamais-prononcer* : Mais je t'aime, Papa !

Je m'en souvenais encore et si longtemps après, mon épaule ressentait encore la terrible bourrade qu'il m'avait lancée pour me repousser. Et ses mots ! Ses mots que je ne pouvais pas oublier : *Je ne suis pas un pédé ! Je n'ai pas besoin que tu m'aimes !*

Je comprenais maintenant pourquoi Joseph, pris dans la tourmente de ses émotions, passait son temps à dire qu'il était fatigué et souhaitait dormir, car c'était exactement ce que je ressentais. Je voulais me rouler en boule et tout oublier.

Soudain, j'entends un cri, je me retourne et vois Leïla qui plonge et récupère un pistolet qui avait glissé sous un fauteuil, non loin d'elle. Elle se redresse, me braque, son doigt se crispe… Adélaïde lance son poignard, qui vient se ficher dans la gorge de l'Algérienne. Elle bascule en arrière, ses yeux se révulsent et un flot de sang jaillit de sa bouche en gargouillant. Elle tente de parler, sa main, qui a lâché le pistolet, effleure le poignard dont seul le manche est encore visible et puis elle se détend et part vers le grand ailleurs, tandis que ses sphincters libèrent le contenu de ses intestins dans une puanteur épouvantable et grotesque.

On a beau être un dur à cuire habitué à voir des tas de méchants défunter de façon prématurée et rarement paisible, le spectacle d'une charmante jeune femme se noyant dans son propre sang parce qu'une arme blanche surdimensionnée lui a tranché la gorge est de ceux qui ne vous laissent pas indifférent.

Je me tournai vers Adélaïde.

— Tu l'as tuée !

— Oui.

— Elle… elle est morte.

— C'est en général ce qui se produit quand on tue quelqu'un.

— Oui… mais… mais… elle est morte.

— Jusque-là, on est d'accord.

— Mais… elle… mon père… je ne…

Adélaïde hocha la tête gentiment.

— Thomas, je comprends tout ça, mais il faut vraiment qu'on se casse d'ici avant de finir en tôle. Et excuse-moi d'abaisser le débat mais Joseph vient d'avoir un petit accident…

— Ah, merde !

— Oui ! C'est exactement ça.

Rien de tel que de devoir déshabiller un vieillard récalcitrant et tout empastissé de merde bien liquide pour vous ramener à la réalité. Nous avions traîné Joseph dans la salle de bains et nous tentions de lui enlever ses vêtements sans qu'il se mette à hurler.

Jusque-là ça se passait plutôt bien mais le vieillard étant plus instable que du lait sur le feu, il nous fallait rester très vigilants.

— Qu'est-ce que vous faites encore comme bêtise, les enfants ? demanda Joseph qui s'était laissé ôter son pantalon et son caleçon, mais résistait gentiment mais fermement à ce qu'on lui retire son pull et sa chemise.

Sans être d'une pudeur maladive, je ne fais pas non plus partie de ces gens qui, habitués aux vestiaires sportifs ou éduqués à la suédoise, se promènent volontiers cul nu et vous expliquent la recette du gras-double tout en s'aérant la nouille. Autant dire que rien ne m'avait préparé à contempler le machin d'un vieillard en pleine déconfiture et à devoir, de surcroît, lui savonner les fesses.

Bref, je commençai à m'impatienter.

— C'est l'heure de la douche, lui dit gentiment Adélaïde chez qui je découvrais des trésors de bienveillance que je ne soupçonnais pas.

Joseph fronça les sourcils et se mit à renifler autour de lui.

— Ça sent le caca !

— Ah ? Tiens ? Vous trouvez ?

Je parvins à lui enlever délicatement son pull, l'ébouriffant comme un vieux moineau déplumé.

— Je sais encore reconnaître l'odeur de la merde ! Je ne suis pas fou !

— Bien sûr.

La chemise maintenant…

— Certains voudraient me faire croire que je suis dingue, mais pas du tout. J'ai parfois quelques absences, c'est vrai, mais j'ai toute ma tête.

— Personne n'en doute.

Et maintenant, le tricot de peau, comme disait ma grand-mère…

Et là…

— Putain ! Adélaïde ! Regarde !

Là, sur la poitrine étroite et parcheminée du vieillard, était tatoué un plan et des indications cryptiques, une vraie carte au trésor, comme au temps des pirates. Un plan qui pesait dix tonnes d'or.

Puisque Adélaïde semblait ravie de jouer à la poupée avec Joseph, je la laissai finir de l'habiller avec des vêtements empruntés à la garde-robe de son fils et entrepris de faire les poches à certains des cadavres qui décoraient la suite comme autant de natures mortes trash et hyperréalistes.

À l'instar de nombreux milliardaires, Pierre Hidalgo se promenait les poches vides, laissant le soin à d'autres de gérer leur argent ou leurs documents administratifs. Sous sa chemise, je trouvai néanmoins un médaillon contenant la photographie d'une vieille dame à qui il ressemblait beaucoup. Sa mère probablement. Je refermai le bijou et le posai de nouveau sur sa poitrine.

Manuel Marquez, en revanche, acheteur compulsif comme beaucoup d'anciens pauvres, était une véritable boutique de colifichets ambulante. Bagues, chevalière, gourmette, colliers, chaînes en or, pince à billets bien garnie, Smartphone plaqué-or : une vraie bijouterie ! Et bingo ! Plié bien soigneusement dans un des compartiments de son portefeuille en croco, la partie du plan que mon père était supposé avoir donnée au sien.

Je restai un long moment à contempler ce morceau de papier jauni par le temps, où s'étalait une belle écriture élégante et contournée, une écriture que je connaissais bien. Ainsi donc, ce que Leïla m'avait raconté était vrai : c'est mon père qui, par amitié et loyauté envers son ancien camarade, avait accepté de cacher l'or du FLN et avait remis à chaque membre du trio les informations qui, une fois réunies, leur permettraient de récupérer le butin.

Je n'avais pas réellement eu le temps de réfléchir à tout ça, encore moins de le digérer, mais je ne pouvais pas m'empêcher d'être triste et déçu comme le jour où, enfant, je m'étais rendu compte que mon père trichait aux cartes, misérable petit secret sans importance mais qui, en le rendant plus humain, le rendait également plus ordinaire et banal. Or, un héros banal n'est plus un héros.

La fouille de Leïla fut la plus difficile pour moi. C'était une femme, jeune, jolie, séduisante, et sa mort n'en apparaissait que plus difficile à accepter au macho sentimental que je suis. Elle baignait littéralement dans le sang, et le spectacle de ses yeux exorbités, de sa bouche entrouverte et du manche de poignard sortant de sa gorge faillit me faire tourner de l'œil. Il me fallut néanmoins la fouiller, ce que je fis en m'efforçant de ne pas regarder son visage figé.

Comme je m'y attendais, je ne trouvai rien sur elle qui permette de l'identifier et j'allais renoncer quand je sentis, dans la doublure de sa veste, quelque chose qui n'avait rien à y faire. Après en avoir déchiré les coutures, je trouvai une enveloppe pliée en deux et sur laquelle une main tremblante avait inscrit : *Pour Leïla*. La scrupuleuse capitaine des renseignements algériens était aussi une petite princesse qui, malgré sa discipline, n'avait pu se séparer de la dernière lettre de son père chéri.

Celui qui pèche, c'est celui qui mourra. Le fils ne supportera pas les conséquences de la faute commise par son père, et le père ne supportera pas les conséquences de la faute commise par son fils.

C'est Ézéchiel qui l'a dit et je veux bien croire que ce vieux barbu était sincère en écrivant cela et qu'il y croyait dur comme fer. Mais toute cette foutue histoire disait exactement le contraire et la vie m'a souvent démontré que, génération après génération, nous avons plutôt tendance à léguer à nos descendants des malles bien pleines de souffrance, de névroses et de sales petits secrets pas réglés.

Bref.

Quand Adélaïde sortit de la salle de bains, escortée d'un Joseph propre et beau comme un sou neuf, je lui montrai les deux feuillets pour lesquels tant de gens étaient morts.

— Ils avaient ça sur eux, ces cons !

Elle aida le vieillard à s'asseoir sur le lit puis, m'ayant rejoint en deux enjambées, saisit les feuillets qu'elle déplia avec précaution. Elle fit mine de les soupeser.

— Ce n'est pas très lourd, dix tonnes d'or. Alors ? Qu'est-ce qu'on fait ?

Je faillis lui répondre que je voulais aller dormir mais ce n'était probablement pas approprié, alors je haussai les épaules.

— Je n'en sais rien. C'est tellement incroyable, tout ça. Et mon père qui…

Je me tus pour ne pas exhiber tout le chagrin qui, dans ma gorge, s'était pelotonné comme un vieux chat malade.

— Ton père qui… ?

Je toussotai, histoire de reprendre contenance.

— Après l'Algérie, ma famille a vécu une galère permanente. Quand je suis né, presque quinze ans après l'indépendance, ça n'a rien arrangé et on tirait toujours le diable par la queue… Ce n'était pas la misère ni même la pauvreté, juste une espèce de gêne permanente et un peu humiliante. Et mon père savait où se trouvaient dix tonnes d'or et il n'a jamais rien dit…

— Il avait donné sa parole.

— Oui mais quand même, il aurait pu…

— Il avait donné sa parole, insista Adélaïde sur un ton sans appel.

— Sa parole ! Sa parole ! Il a bousillé toute sa vie à cause de ce genre de conneries. Et celle de ma mère… Et la mienne aussi… Il donnait sa parole et la respectait, et les autres en profitaient pour lui baiser la gueule et la nôtre par la même occasion.

Adélaïde me sourit si gentiment que je sentis ma colère fondre comme un cornet de glace dans un four micro-ondes. Elle me caressa la joue.

— Tu aurais préféré que ton père soit un salopard comme les pères de ces trois-là ?

— Non, répondis-je d'une voix étranglée et, posant mon front contre sa poitrine, je me mis à pleurer sur mon père, sur moi-même, sur le chagrin caché, l'amour non-dit et les occasions manquées.

8

Mes ancêtres étaient arrivés à Oran par la mer et mes parents avaient quitté la ville par le même chemin. La forteresse de Santa-Cruz fut sans doute la première image d'Oran que mes arrière-grands-parents découvrirent depuis le pont de la balancelle qui les amenait d'Alicante et la dernière que mes parents en conservèrent pendant qu'un bateau de guerre surchargé les transportait vers leur exil parisien.

Élevé dans la nostalgie inconsolable de cette ville du Sud littéralement mythifiée, il était hors de question que je m'y rende autrement que par voie maritime et, couillon comme je suis, j'arrivais presque à me faire pleurer tout seul en imaginant ce moment magique où la silhouette de la ville et des montagnes environnantes émergerait peu à peu des vagues pour se découper sur le ciel bleu azur de cette autre patrie que je n'avais jamais connue.

J'ai beau être né à Paris, je suis aussi pied-noir que si j'avais poussé mon premier cri de l'autre côté de la Méditerranée et cela fait de moi un genre d'apatride de cœur puisque l'Algérie bigarrée, foutraque et multiculturelle, dont on m'a si souvent conté les excès et la douceur, n'a rien à voir avec le pays réel qui, à deux mille kilomètres de nous, tente difficilement de solder les comptes d'un douloureux et violent passé.

Embellie par la mémoire, la nostalgie et souvent même la rancœur, cette Algérie de légende n'a bien sûr jamais existé ou, du moins, elle ne ressemblait pas au joli chromo bien propret qu'on voulait me faire gober. Même mon père, tout pro-indépendantiste et ami des Arabes qu'il fut, ne put s'empêcher, dans ses récits, d'occulter tout un pan de la ségrégation et des humiliations que subissaient ce que l'on appelait alors « les populations indigènes ». Il ne le fit sans doute pas dans l'intention de mentir ou de dissimuler, mais probablement parce qu'il était presque impossible d'être européen en Algérie sans finir par adhérer, fût-ce sur un mode bienveillant et paternaliste, à une vision colonialiste des choses.

Quoi qu'il en soit, je voulais arriver par la mer et je fis tellement suer Adélaïde à ce propos qu'elle finit par craquer, acceptant le retard de quelques heures qu'impliquait le choix du ferry plutôt que celui de l'avion.

Pour être totalement objectif, Adélaïde aurait même accepté de traverser la Méditerranée en Pédalo ou en faisant la planche. Après le carnage du palace lyonnais, il lui semblait hautement souhaitable de nous faire oublier et de mettre une certaine distance entre nous et les enquêteurs qui allaient découvrir la grosse dizaine de macchabées laissés derrière nous dans la capitale des Gaules.

La raison d'État étant ce qu'elle est, les gouvernements français et algérien tombèrent d'accord pour étouffer, autant que faire se pouvait, cette affaire qui risquait de ramener à la surface des secrets gênants pour les uns comme pour les autres. La couverture médiatique en fut donc des plus nébuleuse.

Les investigations policières ne s'approchèrent jamais de nous : je n'avais aucun lien officiel avec Pierre Hidalgo, aucun contrat, pas même une ligne sur mon agenda ou le sien ; quant à mes empreintes digitales ou ADN ainsi que celles d'Adélaïde, cela faisait belle lurette que Fred les avaient effacées de tous les fichiers officiels.

Nous ne fûmes donc jamais inquiétés, mais cela, nous ne le saurions que plus tard et quand nous embarquâmes sur le navire qui devait nous conduire à Oran, nous n'étions pas totalement tranquilles.

Quoi qu'il en soit, mon fantasme maritime se révéla être une assez piteuse idée.

Le rafiot sur lequel nous fîmes la traversée, bien que relativement récent, était mal entretenu, sale et servait des repas qui, en d'autres temps, auraient valu à leur auteur de finir empalé sur un vieux balai plein d'échardes. Le défaut d'entretien et d'investissement était particulièrement sensible dans les cabines, où de vagues replâtrages cosmétiques ne parvenaient pas à dissimuler les erreurs de conception, la rouille, la crasse et le mobilier bon marché. Il n'y avait pas besoin de se fouler les méninges pour imaginer que l'argent initialement affecté à la maintenance de ce navire avait finalement permis à un quelconque fonctionnaire corrompu d'agrandir sa piscine ou de payer une jolie voiture à sa jeune maîtresse.

Nous faillîmes assister à une émeute quand des passagers, excédés de payer une fortune pour voyager dans d'aussi mauvaises conditions, prirent à partie des stewards qui semblaient s'en battre les génitoires avec des raquettes en bois.

Un de ces passagers, un vieil homme qui avait fait toute sa carrière dans le BTP avant de finir chef de chantier, m'expliqua la situation dans un français délicieusement désuet que pimentait une pointe d'accent oranais.

— Vous comprenez, mon bon monsieur, que ces *'hmars* se croient supérieurs à nous parce qu'ils sont restés au bled tandis que nous allions travailler en France. Nous ne serions que des renégats parce que nous avons quitté le pays au lieu de construire l'Algérie nouvelle. Excusez-moi de vous le dire, mais c'est de la *'hlah* ![24] Sans l'argent et les mandats que nous avons envoyés pendant des années, sans les provisions, les médicaments ou le matériel que nous ramenons chaque année, en venant pour les vacances, ce pays se serait déjà cassé la gueule.

Je connaissais déjà ce problème que m'avaient souvent évoqué des amis originaires d'Afrique du Nord.

— Ce pays est riche, reprit le vieil homme. C'est le paradis. Le pétrole, le gaz, les fruits et puis toute cette jeunesse pleine d'énergie.

— Alors c'est quoi le problème ?

Il regarda autour de lui et me scruta longuement, pas sûr que je sois digne d'entendre ses confidences. Après tout, je n'étais qu'un Français, un membre de l'ancienne puissance coloniale qui portait, quoi qu'elle en dise ou en pense, une putain de responsabilité dans la situation actuelle.

— Vous êtes pied-noir, c'est ça ?

---

[24] *Merde.*

— Oui. Enfin, mes parents l'étaient et mes grands-parents…

— Alors c'est aussi votre pays. Je peux vous parler.

Il leva les yeux au plafond, cherchant ses mots et organisant ses idées. Il posa sa main sur mon bras, comme font souvent les personnes âgées pour retenir votre attention.

— Tu comprends, mon fils, quand vous, les pieds noirs, vous êtes partis, vous avez emmené avec vous le savoir-faire, la compétence. Il y avait bien sûr des Algériens qui avaient été à l'école, mais pas assez. Pas assez. Et puis ce chien de Boumédiène a pris le pouvoir et ces foutus militaires avec lui. Des crétins venus de la montagne, des brutes, des tueurs. Ils ont fait fuir tous ceux qui avaient fait des études, fusillé ou emprisonné les vrais héros de l'indépendance, les vrais démocrates et surtout, ils ont mis la main sur la richesse du pays. Ah, ça ! Ils ont de belles villas, de belles voitures et pendant ce temps-là, les *'hmars* comme moi devaient aller trimer en France. Et après, les barbus sont arrivés !

Il se tut, plongé dans les souvenirs douloureux des années terribles.

— C'est la *'hchouma !*[25] reprit-il. Notre pays est riche et ses habitants sont pauvres ! Tu y comprends quelque chose ?

— Je comprends que nous sommes tous dirigés par des rapaces qui ne se sont pas installés près du buffet parce que la vue y est belle.

Il éclata de rire.

---

[25] *La honte.*

— Elle est bonne, celle-là ! Je la ressortirai !

Il me tapota gentiment le genou.

— Alors ? Tu es d'où ?

— Je suis né à Paris, mais ma famille vivait à Oran.

— Oran ? Comme moi alors ! Et ils étaient là depuis longtemps ?

— Depuis 1848 pour les plus anciens.

— Alors tu es aussi algérien que moi !

Et me tendant sa vieille paume calleuse et encore puissante, il me serra la main avec une dignité et une forme d'emphase qui n'avait rien de risible et me poigna le cœur bien plus que je n'aurais su le dire.

Avant de partir rejoindre sa famille sur le pont, il me tapota la joue, comme si je n'étais qu'un gamin attendrissant.

— Un jour, l'Algérie redeviendra un paradis et ce jour-là, tu y seras le bienvenu. *Inch'Allah !*[26]

Je le regardai s'éloigner, pensant une fois encore que ces générations qui nous avaient précédés étaient faites d'un bien meilleur métal que les pauvres chochottes tourmentées que nous étions devenus.

Mektoub ![27]

Quand je rejoignis Adélaïde, restée sur l'entrepont, une agitation très méditerranéenne y régnait, ce qui est une façon polie, poétique et euphémistique de dire que c'était le bordel total ! Je ne sais si c'est

---

[26] *Si Dieu veut !*

[27] *C'est écrit ! Expression qui exprime le fatalisme, la résignation ou simplement l'acceptation du destin.*

parce que, grâce à la douceur du climat, ils ont l'habitude de vivre souvent à l'extérieur, mais les gens du Sud – dont je suis – ont une incontestable propension à parler fort, gueuler pour un rien, parler avec les mains, les bras et tout ce qui peut être agité sans que la morale s'en émeuve. Il en résulte un brouhaha permanent et un foutoir total qui, s'il est supportable dans une rue ou une large place ensoleillée, est difficilement tolérable, voire dangereux, dans l'espace confiné d'un navire.

— Qu'est-ce qui se passe ? On coule ?

Adélaïde sourit :

— Nous arrivons en vue d'Oran, me dit-elle en désignant un point dans mon dos.

Je me tournai dans la direction qu'elle m'indiquait et là-bas, comme je l'avais imaginé si souvent, je vis peu à peu émerger de l'horizon tremblotant de chaleur une bande bleu-vert qui, en grandissant, dessina les contours d'une côte.

Le fort espagnol de Santa-Cruz, juché sur une éminence, dominait la ville, où des buildings modernes se mêlaient aux bâtiments quasiment haussmanniens datant de la colonisation. Au pied de la forteresse, les murs blancs d'une ancienne chapelle votive brillaient dans le soleil.

Il y avait quelque chose d'extraordinairement saisissant dans le contraste qu'offrait l'apparence banale de cette ville qui ressemblait à tant de sous-préfectures françaises et l'idée qu'il s'agissait là des portes de l'Afrique.

Je ne pleurai pas, mais ma gorge se serra et mon cœur battit plus fort. Moi qui ai toujours été si fier d'être un exilé, un apatride sans drapeau, un homme libre sans attaches terrestres, je fus littéralement submergé par le sentiment puissant, absurde et irrationnel de rentrer chez moi.

Si je m'étais écouté, j'aurais passé quinze jours à Oran pour retrouver les traces de mes parents et celles de mes ancêtres qui en avaient arpenté les rues et les places bien avant ma naissance. Mais Adélaïde n'était pas de cet avis et vous avez autant de chances de forcer la main à cette femme que d'arrêter un char d'assaut avec un fifre et un tambourin.

— Je comprends très bien ce que tu ressens, mais il y a dix tonnes d'or en jeu et ce n'est pas parce que tous ces salopards sont morts à Lyon qu'il n'y a pas encore des tueurs qui nous cherchent.

— Tu penses aux services secrets algériens ?

— Notamment, oui.

— Si c'était le cas, ils nous auraient arrêtés à la douane, non ?

— Non.

Je souris.

— Tu peux développer ?

— Ils n'auraient eu aucun intérêt à nous serrer. Si vraiment ils sont derrière nous – ce qui n'est pas certain –, il est plus malin de nous laisser arriver jusqu'à l'or.

J'opinai, conscient qu'en terre étrangère, si loin de nos bases, nous étions totalement à la merci des événements et sans aucun allié possible. Adélaïde, qui avait passé la moitié de sa vie à traficoter en Afrique, ne s'en souciait pas plus que ça, mais pour ma part, je n'avais aucune espèce de curiosité à l'égard de la décoration intérieure des geôles algériennes. J'avais vécu jusqu'ici sans les connaître et je comptais bien continuer à cultiver cette ignorance.

Nous décidâmes de quitter Oran le jour même et utilisant une fois encore son incroyable réseau d'amis, d'obligés et de feudataires terrorisés à l'idée de la mécontenter, Adélaïde se fit livrer non loin du port un énorme camion jaune vif, un Tatra 813, un monstre tchèque capable d'affronter le désert aussi bien que la toundra.

— Tu sais conduire ça ?

En guise de réponse, elle me lança un regard qui semblait mettre en doute ma santé mentale, ma virilité et celle de tous mes ascendants jusqu'à la quinzième génération.

La cabine du camion était aussi confortable que le cockpit d'un jet, presque aussi high-tech et à peine plus bruyante. Mais après l'épouvantable nuit passée sur le ferry, je m'endormis dès que nous eûmes démarré et je ne m'éveillai que quatre-vingt-dix minutes plus tard alors que nous traversions Sidi Bel Abbès.

Même si la ville s'était beaucoup modernisée depuis l'indépendance, elle gardait encore un petit côté colonial et, avec ses placettes ombragées, son kiosque à musique et ses bâtiments administratifs façon troisième République, elle ressemblait furieusement à Limoges, Agen ou Mont-de-Marsan.

Nous avions jusque-là roulé plein sud et à la sortie de Sidi Bel Abbès, nous nous orientâmes au sud-est, la prochaine étape de notre voyage étant Saïda, quatre-vingt-dix kilomètres plus loin.

Nous y arrivâmes sans encombre et, une fois parvenus là, nous repiquâmes au sud. Le paysage plat, aride, tout de terre rougeâtre et de buissons poussiéreux, rappelait le décor des westerns de mon enfance et seules les montagnes qui se découpaient à l'horizon laissaient espérer que cette monotonie trouverait un jour sa fin.

Le plan tortueux concocté par mon père et réparti entre les trois associés qui avaient volé l'or du FLN nous conduisait un peu au sud de Bougtoub, quelque part à la frontière entre la wilaya d'El-Bayadh et la wilaya de Naâma. D'après nos indications, il faudrait prendre sur la gauche une piste qui grimpait vers les collines et là, dans un genre de grotte habilement dissimulée par les reliefs du terrain et la végétation, nous trouverions l'or.

Nous dépassâmes Bougtoub, modestissime bourgade ayant autant d'attrait qu'une visite chez le proctologue et nous nous approchions de l'embranchement qui devait nous conduire vers le trésor, quand nous entendîmes derrière nous, la sirène comminatoire et si universellement caractéristique des gendarmes motorisés.

Un coup d'œil dans le rétroviseur latéral me confirma que nous étions suivis par deux pandores en kaki juchés sur d'énormes BMW vert émeraude. Ils nous doublèrent avec aisance et, se positionnant devant nous, nous intimèrent de nous garer.

À une infime crispation dans sa posture, je sentis qu'Adélaïde était tentée de leur rouler dessus.

— On ne roule pas sur la maréchaussée, Adélaïde. Ce sont nos amis.

Elle eut un genre de ricanement cynique.

— Ah ouais ? On voit bien que tu n'as pas beaucoup voyagé hors de l'Europe.

Elle obtempéra néanmoins et, dans un grand gémissement hydraulique, actionna les freins, nous gara sur le bas-côté, soulevant pour l'occasion une bonne demi-tonne de poussière qui transforma les motards en statues de talc.

— Pas fait exprès, me lança-t-elle avec ce sourire de petite fille canaille qui me faisait toujours craquer.

— Pourquoi ai-je le mauvais pressentiment que tu vas faire des bêtises ?

— Je ne fais jamais rien qu'un solide examen éthique ne puisse venir valider.

— Attention, tu commences à devenir aussi verbeuse que moi.

Elle me lança un clin d'œil et se tourna vers le militaire qui toquait à sa vitre. L'autre, la main sur la crosse de son pistolet, restait un peu en retrait. Au cas où… Adélaïde ouvrit sa fenêtre.

Le représentant de la loi la salua en portant deux doigts à son casque. Il semblait passablement énervé, ce qui ne promettait rien de bon.

— Gendarmerie algérienne. Vous êtes français ? demanda-t-il.

Adélaïde acquiesça.

— Descendez du véhicule, s'il vous plaît.

— Nous n'avons rien fait, Sergent.

— Je vous demande de quitter ce véhicule, s'il vous plaît.

Il y a plusieurs façons de prononcer les mots « s'il vous plaît » : de façon routinière et banale ; avec sincérité ; comme une supplication ; ou bien enfin d'une voix très sèche, brutale et qui claque à la manière d'un ultimatum.

C'est ce registre-là qu'avait choisi d'utiliser notre nouvel ami le pandore : le registre poli menaçant. On sentait que le gars s'entraînait devant sa glace à la jouer façon Clint Eastwood et qu'il devait probablement se taper une petite érection à chaque fois qu'il terrorisait un malheureux fellah rentrant du marché ou une famille entassée dans une vieille guimbarde poussiéreuse. Inutile de dire que son petit cinéma fit autant d'effet à Adélaïde qu'une cantate de Bach jouée au mirliton, et elle s'accouda très nonchalamment à la portière sans manifester aucune velléité de quitter le véhicule.

— Nous roulions à la vitesse prescrite, n'avons enfreint aucune loi algérienne et tout semble indiquer que vous êtes en train de commettre un abus d'autorité.

J'adore vraiment cette nana et quand elle se montre aussi guerrière, impavide et inflexible, je pourrais la déshabiller séance tenante pour la grignoter et la couvrir de baisers, ce que je ne fais évidemment pas puisque, dans ces moments-là, c'est rarement le moment.

Bref.

Le gendarme commençait pour sa part à la trouver saumâtre et faisant mine d'effleurer son holster, il lança d'un ton acerbe :

— Espèce de connasse ! Vous commencez à m'emmerder et je vais vous arrêter pour résistance à la force publique et…

Adélaïde ouvrit brutalement la portière, explosant la tronche du motard, qui trébucha en arrière, battant des bras pour tâcher de garder son équilibre. Avant même qu'il puisse réaliser ce qui lui arrivait, mon amie – qui avait sauté du camion – lui balança sa rangers en pleine figure, achevant le travail de chirurgie plastique qu'avait largement entamé la portière du Tatra. Puis, après une roulade avant, elle se redressa brutalement devant l'autre pandore qui essayait désespérément de dégainer son arme, coincée dans son étui. Adélaïde le dépassait d'une bonne tête et, en signe de reddition, il leva les deux mains et lui sourit aussi pacifiquement que possible. Ma chère et tendre me tournant le dos, je ne sus si elle lui rendit son sourire, je vis par contre que, le saisissant aux revers, elle le souleva à vingt centimètres du sol et lui colla en pleine face un coup de boule qui l'envoya rouler deux mètres plus loin.

Fin de la bataille.

Je quittai le véhicule et rejoignis Adélaïde qui contemplait son œuvre.

— Tu étais vraiment obligée de faire ça ?

— Non. Mais ça m'a détendue. Et la prochaine fois, il réfléchira avant d'emmerder le monde. Je connais ces gars-là : des branleurs tyranniques qui profitent de leur uniforme pour obtenir des faveurs, des bakchichs ou des petites gâteries en tout genre. Ils sont la plaie des pays en développement. Je les hais.

— Et on en fait quoi ?

— On va balancer les motos dans le fossé, là-bas, et les deux gars, on les attache, on les bâillonne et on les relâchera plus tard. Là où ils seront sûrs de faire quelques heures de marche avant de trouver un téléphone.

Ainsi fut fait et nous reprîmes notre route, ragaillardis par cet épisode roboratif, mais néanmoins attentifs à ne pas attirer l'attention d'autres gendarmes qui auraient sans doute trouvé surprenant de découvrir deux de leurs collègues saucissonnés à l'arrière de notre camion.

Quelques kilomètres plus loin, nous trouvâmes l'embranchement que mon père avait indiqué dans son jeu de piste et nous l'empruntâmes, quittant l'asphalte relativement correct de la route pour une piste poussiéreuse, caillouteuse et totalement défoncée.

Le paysage était toujours aussi rigoureusement plat qu'un espace en deux dimensions, et à peu près aussi chiant. Seules les montagnes qui se découpaient à l'horizon et dont chaque tour de roue nous rapprochait rompaient un peu cette monotonie et indiquaient surtout un but à ce voyage soporifique.

Quand nous finîmes par y parvenir, le soleil haut dans le ciel cognait, répandant sur la terre une chaleur de four qui vous donnait l'impression que vos yeux desséchés allaient rouler hors de vos orbites comme des pois chiches.

Les contreforts montagneux aux pieds desquels nous nous trouvions étaient déchiquetés et comme labourés de gorges et de canyons assez profonds où, dans la fraîcheur toute relative que lui procurait une ombre protectrice, poussait une végétation plus verte et un peu moins rachitique que dans la plaine que nous venions de traverser.

C'est dans un de ces défilés rocheux que se cachait la grotte au trésor et, suivant les indications de mon père, l'entrée de ce défilé était marquée par un marabout, ces tombes blanchies à la chaux qu'en pays musulman on élève pour abriter les restes de quelques vieux sages ayant consacré leur vie à Dieu.

Cahotant sur les éboulis qui, aux pieds des pentes, témoignaient des nombreux soubresauts telluriques affectant la région, nous avancions à petite vitesse, soucieux de ne pas louper le repère qui, depuis 1962, aurait eu cinquante fois l'occasion de s'écrouler.

Mais nous nous inquiétions pour rien et la tombe, immaculée et aveuglante sous le soleil, était en parfait état, religieusement entretenue par une population dont la foi n'avait d'égale que la superstition.

Nous quittâmes le camion car la gorge, qui, à cet endroit, entaillait le flanc de la montagne, était beaucoup trop étroite pour que l'on puisse y faire pénétrer notre énorme véhicule.

— J'espère qu'on a un diable ou un chariot parce que sinon on va se faire chier à transbahuter dix tonnes d'or !

— Deux cent cinquante allers et retours !

— Pardon ?

— Si on emporte à chaque fois vingt kilos chacun dans nos petits bras, cela représentera deux cent cinquante allers et retours.

— Merde !

— Je te rassure, il y a un chariot à l'arrière du camion. Et un diable.

— J'aime mieux ça.

Ainsi rassurés sur notre potentiel logistique, nous nous engageâmes dans le défilé où, après l'insupportable poêle à frire du plein soleil, l'ombre nous parut aussi fraîche et bienfaisante que l'eau d'une piscine.

Adélaïde me désigna un point situé à mi-hauteur de la pente : cachée derrière des buissons, l'entrée de la grotte qui, depuis des décennies, abritait un trésor qui aurait pu et aurait dû changer la vie de toute la population des villes avoisinantes.

Faisant rouler sous nos semelles pierres et graviers, nous escaladâmes la pente, assez raide, qui menait vers la caverne d'Ali Baba dans sa version algérienne. S'aidant de son poignard comme d'un coupe-coupe, Adélaïde nous fraya un chemin à travers les ronces et les buissons épineux qui ne demandaient qu'à lacérer nos visages et nos vêtements.

L'entrée de la grotte avait approximativement la forme zigzagante d'un éclair et devait mesurer environ un mètre de large pour un peu moins de deux mètres de haut. Adélaïde souriait comme une petite fille et moi-même, je sentais que l'accélération de mon rythme cardiaque n'était pas seulement due à l'escalade que nous venions de réaliser.

Comme presque tous les enfants d'Occident et d'ailleurs, nous avions rêvé en lisant le roman de Stevenson ou les fresques épiques de Tolkien et le mot « trésor » continue et continuera longtemps d'être, pour chacun d'entre nous, un passeport magique pour l'aventure.

Adélaïde se tourna vers moi.

— On y va ?

— On y va.

Et par-delà le temps et l'espace, avant de pénétrer dans la grotte, j'envoyai à Pablo Fiera un petit salut amical et tendre.

Comme d'habitude, j'étais parti pour cette aventure avec ma bite et mon couteau et si Adélaïde n'avait pas sorti de son havresac une énorme lampe torche de fabrication américaine, ma chasse au trésor se serait arrêtée au bout de trois mètres, dans la pénombre profonde de la caverne.

Les puissantes LED qui avaient remplacé les ampoules tremblotantes de mon enfance déchirèrent les ténèbres et illuminèrent le sol couvert de poussière, les parois où couraient des veines de mica scintillantes et le vide absolu qui occupait tout l'espace disponible.

— On a dû se tromper d'endroit, dis-je d'une voix un peu enrouée par la déception.

— Non. Relis le plan de ton père. Tiens.

Elle me tendait la photocopie que nous avions réalisée des indications paternelles :

Cent mètres à droite après le marabout, à mi-hauteur de la pente, une grotte dont l'entrée ressemble à un éclair. J'ai gravé un X au plafond.

Adélaïde leva sa torche pour éclairer un X d'au moins trente centimètres de large qui semblait nous narguer comme l'inconnue d'une impossible équation.

— Putain de merde !

— J'allais le dire.

Nous fouillâmes la grotte, ce qui fut assez vite fait, et tout ce que nous y découvrîmes se résuma à quelques traces sur le sol, des fragments de caisses en bois et un pied-de-biche rouillé.

— Les caisses ont bien été entreposées ici à un moment ou à un autre. Il y a longtemps, sans doute, quand on voit le niveau de rouille de ce machin.

Accablé de frustration, je m'adossai sans douceur contre la paroi, me fracassant l'arrière du crâne sur une saillie rocheuse.

— Aïe ! Connerie de grotte ! Qu'est-ce qui a pu se passer ?

— Aucune idée ou mille, ce qui revient au même.

Je soupirai.

— On peut tout imaginer : un passant chanceux, un complice bavard, un paysan s'abritant de l'orage… Que sais-je encore !

— On fait quoi ?

— On décharge nos deux poulets. Il leur faudra quelques heures pour se libérer et regagner la civilisation. Ça nous laisse le temps de foutre le camp et de rentrer triomphalement à Paris.

— Épargne-moi ton ironie.

— Je vais essayer.

Et après avoir installé confortablement nos deux pandores toujours inconscients dans la grotte isolée, nous reprîmes le chemin d'Oran, laissant derrière nous un rêve, des illusions et le fantôme de mon père.

9

Aussi fourbu qu'Ulysse mais un brin moins faraud, je poussai la porte de mon appartement, suivi d'Adélaïde qui semblait avoir supporté bien mieux que moi la frustration consécutive à notre fiasco algérien : non seulement nous n'avions trouvé aucun trésor mais de surcroît, je n'avais même pas eu le temps de me livrer au pèlerinage mélancolique que j'attendais depuis si longtemps.

Nous fûmes accueillis par des cris de joie et cela me mit, durant quelques secondes, un peu de baume au cœur ; juste le temps pour moi de comprendre que ces exclamations ne saluaient pas le retour du héros fatigué, mais le but que Joseph venait de marquer contre Fred dans un des jeux vidéo dont raffolait mon *geek* préféré.

Celui-ci se tourna vers nous et nous salua comme si nous étions partis deux minutes plus tôt : mais d'ailleurs, avait-il seulement remarqué notre absence ?

— Salut Thomas ! Salut Adélaïde ! Il est trop cool, Joseph ! On s'est éclaté comme des fous !

Le vieillard, flottant dans un immense tee-shirt clamant son désir irrépressible de niquer la police, me fit un clin d'œil, sans lâcher la manette de jeu qu'il triturait avec la dextérité d'un adolescent vaguement désocialisé.

— Il a été un peu lent à démarrer, mais maintenant il n'arrête pas de me foutre des branlées à *Game of War* et à *Cosmic Soccer* !

— Tu me permettras de cacher mon enthousiasme. À part ça, tout s'est bien passé ? Pas d'overdoses de pizzas ou d'attaques de méchants ?

Fred me regarda, sidéré.

— Ben non !

— Tu te rappelles quand même ce que l'on t'a raconté ? L'or ? Les tueurs ? Joseph et l'Algérie ? Tout ça ?

— Ben oui.

Je soupirai. Mener une conversation avec Fred Carpenter après le désastre de mon épopée oranaise était au-dessus de mes forces. J'allais renoncer quand il reprit la parole.

— Je sais bien que tu me prends pour un crétin, mais il ne faut pas exagérer. Je me souviens très bien de tout. Même que je me suis super bien occupé de Joseph et qu'avec Richard, on a réussi à fouiner dans les systèmes du ministère des Finances algérien et qu'on vous a dégoté « le » gars honnête et incorruptible avec qui prendre contact pour passer un deal à propos de l'or. Ah oui… J'oubliais encore un truc…

— Quoi ?

— Manu m'a dit de te dire d'aller te faire foutre parce que c'était pas sympa de faire des trucs marrants sans elle.

Richard et Manu étaient avec Fred et Adélaïde les quatre membres de ma fine équipe, quatre amis qui, depuis des années, m'accompagnaient, me soutenaient et me guidaient souvent dans mes enquêtes.*

— Mais je croyais que Manu était en Guyane, intervint Adélaïde.

— Oui, mais elle m'a dit aussi que c'était une question de principe. Et aussi qu'elle vous embrasse.

Fred venant de me siphonner l'équivalent énergétique de deux marathons, je me laissai tomber lourdement sur le canapé, près de Joseph qui s'interrompit un instant de jouer pour me serrer dans ses bras et me claquer deux grosses bises sur les joues.

— *Hola hijo ! Que tal ?* [28]

— Ça va, Joseph, ça va.

— Bon alors, intervint Fred, et l'or ? Il est où ?

— Dans mon slip.

— Ça doit pas faire lourd alors, gloussa-t-il comme l'ado attardé qu'il était.

— Il n'y avait pas d'or ! Peau de balle ! On a trouvé un genre de grotte bien cachée, mais vide, à part des traces et une croix gravée au plafond.

— Rien ?

— Rien !

— Ah ben merde !

Cela me semblait assez bien résumer la situation, aussi n'ajoutai-je rien.

— Et puis on a eu des tonnes d'emmerdes avec des flics algériens un peu curieux et franchement ripoux, glissa Adélaïde innocemment.

Je ricanai.

— Mouais… Ce sont surtout eux qui ont eu des emmerdes avec toi…

Elle haussa les épaules.

— Ils n'avaient qu'à rester polis.

Mais Fred n'était pas disposé à lâcher l'affaire aussi facilement.

---

[28] *Salut fils ! Comment vas-tu ?*

— Mais il est où, cet or ?

— Disparu ! Ou bien alors il n'a jamais été là. Ou il a été déplacé par je ne sais qui…

— Comme dans *L'Île au trésor*, quand Ben Gunn déplace tout le butin, conclut Fred, manifestant là une connaissance livresque que je ne lui soupçonnais pas.

— Ouais, c'est ça ! Comme dans *L'Île au*…

Je me relevai soudain, comme si on m'avait enfoncé une punaise dans le fondement. Adélaïde me lança un coup d'œil acéré : elle me connaissait bien.

— Une intuition ?

Sans même lui répondre, je me précipitai vers la vieille bibliothèque vitrée où je gardais mes livres les plus précieux et notamment ceux que j'avais hérités de mon père, lecteur compulsif et bibliophile pauvre, mais éclairé.

— On peut savoir ce qui t'arrive ? insista Adélaïde.

Je trouvai enfin ce que je cherchais : une magnifique et rarissime édition originale du roman de Stevenson, publiée par Hetzel en 1885 et valant une petite fortune.

— J'ai toujours vu ce livre dans la bibliothèque de mon père. Et peu de temps avant de mourir, il me l'a offert. Il m'a fait jurer de ne jamais m'en séparer. *Garde bien ce trésor*, m'a-t-il dit, *tu n'en es que le dépositaire*. J'avais trouvé ça bizarre à l'époque…

Adélaïde s'approcha, regardant le livre comme s'il était doté de pouvoirs magiques. Fred et Joseph la rejoignirent. L'instant était électrique.

— Et tu crois que… ?

Je restai silencieux tandis que je manipulais le livre avec précaution, le scrutant sous toutes les coutures, examinant la reliure, tâtant la coiffe, la tranche et le contreplat, cette doublure intérieure qui, naguère, protégeait l'intérieur de la couverture par un papier marbré.

Je fermai les yeux pour mieux déléguer à la pulpe de mes doigts le surcroît de sensibilité qui pourrait faire la différence et là, en palpant une fois encore le papier multicolore qui précédait la page de garde, je sentis une infime épaisseur qui n'avait pas sa raison d'être.

Suivi par Adélaïde curieuse, Fred surexcité et Joseph qui ne comprenait rien à ce qui se passait mais semblait s'amuser comme un fou, je me précipitai vers mon bureau où, sous un fatras de courrier, je dénichai le scalpel qui me servait de coupe-papier.

Utilisant la lame bien aiguisée, je décollai proprement le contreplat et y trouvai, dissimulée, une feuille de ce papier ultra-fin que j'utilisais dans mon enfance pour écrire à mes correspondants étrangers. On appelait ça *le papier par avion* à l'époque, un genre de papier bible bordé d'un liseré tricolore.

La feuille était pliée en deux et je la déployai délicatement, découvrant un texte court dans une écriture que je connaissais bien et qui m'était personnellement adressé.

Thomas,

Si tu lis ces mots, c'est que tu sais ce qui s'est passé il y a longtemps...

En quelques phrases, il m'expliquait succinctement le mystère de l'or disparu. Ce message de mon père, me parvenant par-delà la mort et le temps, me fit monter les larmes aux yeux. Des larmes de nostalgie, de bonheur et de fierté : c'était un sacré mec, mon père.

Je me tournai vers mes amis en brandissant la missive paternelle.

— Cette fois, je crois qu'on a trouvé l'or.

L'entrepôt où nous nous trouvions était aussi grand que le hall d'assemblage d'un B-52 et abritait à perte de vue des boxes que l'on pouvait louer pour y entreposer meubles, caisses, dossiers ou tout autre objet encombrant. Il y en avait de plusieurs tailles et celui devant lequel nous faisions le pied de grue faisait partie des plus importants.

Nous avions déjà levé le rideau métallique et je contemplai les vieux meubles sans charme que mes parents avaient ramené d'Algérie, des croûtes représentant des paysages méditerranéens, des jouets vintage et des montagnes de panières en osier, de cantines militaires en acier et de caisses en bois.

Quelques jours auparavant, nous avions déjà vérifié le contenu de ces caisses et nous y avions trouvé, soigneusement emballés, cinq cents lingots de vingt kilos chacun : les dix tonnes d'or qui avaient déjà fait couler tant de sang.

Adélaïde eut un petit rire.

— Quand on pense que tout était là depuis… depuis combien de temps en fait ?

— 1964 ou quelque chose comme ça. Ce sont les meubles de mes grands-parents et des tas de vieilleries. Mon père avait ramené ça d'Algérie par sentimentalisme, disait-il. Tu parles ! Ma mère ne voulait jamais venir ici, ça lui collait le bourdon. Et elle appelait ça « les vieilleries ». Et moi, j'ai tout gardé comme il me l'avait demandé.

— Mais comment a-t-il pu passer tout cet or à la barbe de la douane ?

— On ne saura jamais. Mais c'était un tel bordel à l'époque…

— Tu vas faire comme on a prévu ?

— Oui. C'est pour ça que je t'ai demandé de venir. Je voulais un témoin.

— Tu es sûr ? Tu ne regretteras pas ?

— C'est ce que voulait mon père et c'est ce que je veux : que cet argent retourne à ceux à qui il appartient.

On entendit un bruit de moteur, et une Mercedes suivie de deux camionnettes entra dans le hangar et se dirigea vers nous.

— Les voilà.

Les véhicules se garèrent et trois hommes en costume, l'air sévère et suspicieux, descendirent de la limousine, tandis que huit autres, en combinaison de travail quittèrent les utilitaires et commencèrent immédiatement à en décharger des diables et divers autres outils.

Je m'avançai vers celui des trois encostardés qui respirait le plus l'autorité et que j'avais surtout préalablement identifié sur Internet.

— Monsieur Chérifi ? Thomas Fiera.

— Enchanté monsieur Fiera. Je suis effectivement Abdelatif Chérifi. Si vous me connaissez, vous savez que je travaille à l'UNESCO. Je vous présente Rachid Benameur, du ministère des Finances et Khaled Taha du ministère de l'Intérieur.

Je me tournai vers Adélaïde.

— Ces messieurs représentent l'État algérien. Je dis bien l'État et pas le gouvernement.

— Tu veux dire qu'ils ne sont pas corrompus.

— C'est exactement ce que je veux dire, même si je ne l'aurais pas dit comme ça.

Je souris à Chérifi.

— Mon amie ici présente en tant que témoin est, comme vous avez pu le remarquer, une championne du tact et de l'euphémisme diplomatique.

Chérifi, qui tentait de masquer un sourire ironique, s'inclina vers mon amie.

— Nous connaissons madame Renucci de réputation et si nous n'approuvons pas toujours ses méthodes, nous avons su apprécier la pureté de ses engagements.

Khaled Taha, que l'on venait de nous présenter comme œuvrant au ministère de l'Intérieur, était en réalité haut gradé des services de renseignements.

— L'histoire que vous nous avez racontée est abracadabrante et pleine de trous. Pourquoi devrais-je vous croire ? Je vous rappelle qu'un officier algérien y a laissé la vie.

J'allais répondre quand Adélaïde me coupa la parole.

— Vous, je vous connais, comme vous me connaissez. Il est vrai que vous n'êtes pas corrompu. Mais cela ne vous empêche pas d'être une barbouze, c'est-à-dire un menteur et un truqueur professionnel. Alors votre avis et votre opinion, on s'en balance. Quant à votre officier, c'était une ripou. Elle est morte, point barre.

Je repris la parole.

— J'ajouterai que si vous doutez encore de nous, vous avez dans ces caisses trois cent trente-cinq millions de raisons de nous croire. Cela vous suffit-il ?

Rachid Benameur, le gars des Finances, nous offrit son plus beau sourire.

— Cela nous suffit amplement.

Chérifi intervint.

— Vous avez ma parole que cet argent sera intégralement utilisé de façon juste, nécessaire et profitable au peuple algérien.

J'acquiesçai.

— Je vous rappelle que cet argent lui appartient, depuis le début. Il est normal qu'il lui revienne.

— Et si vous tentez de nous gruger, ajouta Adélaïde, vous me trouverez une nuit à votre chevet et mon visage sera la dernière chose que vous verrez.

Chérifi eut un geste d'apaisement.

— Allons, allons ! Les menaces ne sont pas indispensables.

— Pas indispensables mais toujours nécessaires, rétorqua ma compagne d'un ton sinistre.

Nous n'avions plus rien à nous dire, alors nous la bouclâmes et passâmes les deux heures suivantes à regarder les gars en combinaison charger l'or dans leurs camionnettes. Quand ce fut terminé, nous nous saluâmes sans effusions particulières et les représentants de l'État algérien quittèrent le hangar, emmenant avec eux un or qui, après avoir semé la mort, allait peut-être enfin contribuer à rendre la vie plus facile à un peuple qui le méritait bien.

— Bon, voilà. Fin de l'histoire. On rentre ?

Les bras croisés sur la poitrine, Adélaïde me toisait avec son air d'institutrice. Je n'aime pas quand elle prend cet air-là. D'abord, cela déforme ses traits et ça la rend presque laide, enfin disons, moins belle.

Et surtout, cela me fout les jetons. Même quand je n'ai pas fait de conneries, je me sens immédiatement coupable.

Je vous dis pas quand je le suis effectivement !

— Tu n'oublies rien ?

Je regardai autour de moi en surjouant le gars qui cherche autour de lui ses clés ou la réponse à la question essentielle de l'Univers.

— Euh… Non. Je ne crois pas.

— Tu es sûr, absolument sûr que tu n'as rien à me dire ?

— Je t'aime ?

— Arrête !

— Je t'adore ?

— Thomas, je vais te frapper !

— Mais quoi ! Je ne comprends rien à ce que tu me racontes !

Sans un mot, elle sortit son Smartphone et tapota quelque chose puis, ceci fait, elle dirigea l'écran vers moi.

— Qu'est-ce que tu lis ?

— Euh… le cours du lingot d'or d'un kilo est à ce jour de trente-quatre mille euros.

— Exact. Et dix tonnes, soit dix mille kilos multipliés par trente-quatre mille euros font trois cent quarante millions d'euros.

— Oui, ça doit être ça.

— C'est ça !

J'opinai en affichant une moue vaguement ennuyée. La moue du gars habitué à jongler avec des fortunes astronomiques et que cette laborieuse démonstration arithmétique gavait au-delà de toute expression.

— Alors je voudrais bien savoir pourquoi tu as dit à ces gars qu'il y avait là trois cent trente-cinq millions de raisons de nous croire. Trois cent trente-cinq, pas trois cent quarante. Il manque cinq millions de raisons. Ça fait beaucoup.

— De quoi perdre la raison en effet.

— Je ne ris pas.

— Moi non plus.

— Où est ce fric ?

— À l'abri. Et tu peux me taper dessus, je ne le rendrai pas. Cinq millions d'euros cela fait à peine 1,5 % de la somme totale. Les assurances en prennent plus de dix dans ce genre d'affaire. Et puis ça couvre cinquante années de location du garde-meuble. Et on pourra aider des tas de gens avec ce fric. On a risqué notre vie. Et puis…

— Et puis tu es incorrigible.

Elle s'approcha de moi, me prit le visage entre ses longues mains fines et puissantes et, m'attirant vers elle, me roula la pelle du millénaire. J'en fus littéralement retourné comme un gant.

— Tu m'excites quand tu te comportes comme un voyou.

Et ce qui se déroula dans les minutes qui suivirent sur le canapé poussiéreux de ma grand-mère, dans l'armoire de ma tante et sous le guéridon de la cousine Esmeralda ne vous regarde absolument pas.

Nous nous séparâmes sur le parking du garde-meuble où nous avions garé nos voitures. Adélaïde devait aller passer quelques jours à l'étranger et je devais, pour ma part, aller chercher Joseph que j'avais confié à Fred pour quelques heures.

— Tu sais, pour le fric, je t'en aurais parlé.

— Je sais.

— Et puis c'est part égale. Un million chacun. Comme d'habitude. Même pour Richard et Manu qui n'étaient pas là. C'est pour toutes les fois où ils ont morflé gratos.

J'interrompis d'un geste la réponse qu'elle allait me faire.

— Chut ! Tais-toi ! Un million pour toi aussi. Sans discussion possible ! Et si tu ne veux pas le garder, tu l'offres à un village africain ou à qui tu veux.

— Tu es vraiment un drôle de mec.

— C'est pour ça que tu m'aimes, non ?

Elle rigola.

— Et Joseph alors ? Fred m'a dit que tu allais t'occuper de lui ?

— Qui d'autre sinon ? Dans l'état où il est, il finirait dans un mouroir. Cela a juste nécessité que Fred magouille un peu pour lui fabriquer à nouveau une fausse identité. Je l'ai fait passer pour mon oncle, c'était le plus simple.

— Pour ton oncle ?

— Ouais. Ça simplifiait tout.

Épilogue

La maison de retraite avait été installée dans un vieux manoir situé dans un coin particulièrement rupin et champêtre de l'Essonne. Entièrement rénovée et modernisée, la bâtisse avait conservé son apparence classique mais sa décoration intérieure et son équipement médical et paramédical auraient fait baver d'envie les hôpitaux les plus modernes.

Le parc, en revanche, était resté dans son jus, mêlant habilement le désordre romantique des jardins à l'anglaise à l'ordre symétrique des jardins à la française. Des arbres centenaires d'essences variées y offraient ombrage et intimité, tandis que des parterres de fleurs multicolores ravissaient l'œil.

Nos pas lents foulant le gravier, Joseph et moi, bras dessus bras dessous, prenions plaisir à l'apaisant paysage.

— Alors ? Ça vous plaît ?

— C'est très beau. Il y a de belles couleurs. Et puis le personnel est gentil. Les infirmières ont un joli cul.

— Tant mieux. Je suis content que ça vous plaise.

— En tout cas, c'est gentil, fils, d'être venu me voir. Avant, tu ne venais jamais. C'est gentil.

— C'est que…

Joseph s'arrêta et, lâchant mon bras, pivota vers moi. Il me scruta, comme si j'étais à moitié dissimulé dans l'ombre au lieu d'être en pleine lumière.

— Tu es bien mon fils ?

Il y avait une telle attente, un tel mélange d'espoir et d'égarement dans le regard du vieux, que je ne pus faire autrement qu'opiner. Joseph sourit de soulagement.

— Ah… Je me disais bien. Parce que des fois, tu sais, j'oublie des trucs…

— Je sais oui…

— Mais je ne peux pas oublier mon fils…

Il serra mon bras.

— Et puis j'ai plein de choses à te raconter, *hijo*, plein… Il faut parler tant qu'on peut, tu sais, après, c'est trop tard.

Ma vue se brouilla légèrement. Une poussière dans l'œil sans doute, ou une allergie. Une foutue allergie. Je ne pus pas lui répondre tout de suite, car sinon les vannes se seraient ouvertes, libérant tant et tant d'années de chagrin et de non-dits. Je parvins finalement à toussoter et à reprendre le contrôle de ma voix.

— Ça tombe bien… J'ai toujours eu envie qu'on parle, toi et moi… Mais je n'osais pas. Je n'osais jamais te parler.

— Je sais. C'était pareil avec mon père et lui sans doute avec le sien et ainsi de suite jusqu'à ce foutu *cabrón* d'Adam certainement.

— Et tu ne crois pas que c'est trop tard ?

— Si c'est très tard, ce n'est pas trop tard. Alors viens, *hijo*, viens, on va parler…

Alors nous reprîmes notre marche, sa vieille main parcheminée sur mon bras et, tandis que nous faisions dialoguer les fantômes de nos passés respectifs, je sentis sur ma nuque la pression bienveillante d'une paume chaude et forte et j'entendis, comme un murmure dans le creux de mon oreille, des mots que je connaissais par cœur :

— *Hasta luego, Tomàs.*

RETROUVEZ THOMAS FIERA
DANS UNE NOUVELLE AVENTURE

Un détective venu aider un vieux copain en conflit avec un caïd local constate à son grand désespoir que la banlieue n'est décidément plus ce qu'elle était : on y viole, on y massacre, on y corrompt, on s'y drogue, on s'y radicalise et on s'y débauche comme jamais… Cynique mais pas blasé, idéaliste mais pas naïf, Thomas Fiera, enquêteur gouailleur et un poil expéditif, entreprend alors, aidé de sa fine équipe, de s'attaquer aux racines du mal.

Un western magnifique et drôle sur la banlieue. De l'action, de l'humour, du suspense et une langue assez verte, parfaitement maîtrisée.

AUX ÉDITIONS LAJOUANIE

ROMAN POLICIER MAIS PAS QUE…

Du passé faisons table rase, de Malik Agagna
Les oubliés, de Malik Agagna
Crystal Meth, de Malik Agagna
7 milliards de jurés ? de Frédéric Bertin-Denis
Matador, de Frédéric Bertin-Denis
Wahala, de Thierry Bonneau
À mort le chat ! de Jérémy Bouquin
Sois belle et t'es toi ! de Jérémy Bouquin
Chasseurs d'esprit, de Isabelle Bourdial
Coups de Folie, de Dominique Bourgeon
Lettres mortes, Cécile Calland
Ouvre les yeux ! de Éric Chavet
La Sirène du jardin Massey, de Jean-Luc Cochet
Replay, de Jean-Luc Cochet
Je serai le dernier homme… de David Coulon
La Rascasse avant la bouillabaisse, de Gilles Del Pappas
Poubelle's Girls, de Jeanne Desaubry
On n'enterre jamais le passé, de Nicolas Duplessier
Comme des mouches, de Frédéric Ernotte & Pierre Gaulon
Rafale, de Marc Falvo
Banlieue Est, de Jean-Baptiste Ferrero
Au nom du père, de Jean-Baptiste Ferrero *(POCHE)*
Le Pacte, de Didier Fohr
Un temps de chien ! de Pascal Jahouel
Sous-pression, de Pascal Jahouel
Punk Friction, de Jess Kaan
En Chasse ! de Jess Kaan
Un charmant petit village, de Jean-Michel Lecocq
La caresse des orties, de Jean-Michel Lecocq
Disparitions, de Jean-Michel Lecocq
Les deux pieds dedans, de François Legay
C'est moi qu'il veut ! de Daniel Martinange
Dernière escale, de Sandra Martineau

Au-dessus des horizons verticaux, de Olivier Maurel
Fallait pas… de Olivier Maurel
Trouble, de Stéphanie de Mecquenem
Radiations, de Paul Merault (Lauréat du Prix du Quai des Orfèvres 2019)
Cavale hongroise, de Waldeck Moreau
Une clinique si accueillante, de Waldeck Moreau
Le rouge n'est pas qu'une couleur, de Chris Nerwiss
Lacrima Corsica, de Stéphane Oks
Mortelle canicule, de Jean-François Pasques
Le seul témoin, de Jean-François Pasques
Je m'appelle Requiem et je t'… de Stanislas Petrosky
Dieu pardonne, lui pas ! de Stanislas Petrosky
Le Diable s'habille en licorne, de Stanislas Petrosky
Plusdeprobleme.com, de Fabrice Pichon
Retours amers, de Fabrice Pichon
Protocoles Fatals, de Fabrice Pichon
L'Arménien, *Nuits nantaises 80's,* de Carl Pineau
(Prix du Cercle anonyme de la littérature, 2017)
Le Sicilien, *Nuits nantaises 90's,* de Carl Pineau
(Prix du polar découverte, Les petits mots des libraires, 2020)
Le Nantais, *Nuits nantaises 2000,* de Carl Pineau
Pour quelques millions ! de Carl Pineau
Les 9 jours du cafard, de Jean-François Pré (Prix du polar normand, 2020)
Épisto, de Jean-François Pré
Tu joues, tu meurs ! de Yannick Provost
Lynwood Miller, de Sandrine Roy
Lynwood Miller II, *Pas de printemps pour Éli,* de Sandrine Roy
Lynwood Miller III, *Rivalités,* de Sandrine Roy
Lynwood Miller IV, *Le mur d'Hadrien,* de Sandrine Roy
Mitragyna, de Alain Siméon & Sandrine Zorn
La Fresque, de Alain Siméon & Sandrine Zorn
La Poule borgne, de Claude Soloy
20 manières de se débarrasser des limaces, de Jan Thirion
No problemo, de Emmanuel Varle
En cavale, de Emmanuel Varle *(POCHE)*
En main propre ! de Jérôme Zolma

ROMAN PAS POLICIER MAIS PRESQUE …

Mare nostrum, de Olivier Arnaud
Une nuit sans fin, de Éric Chavet
Ne sautez pas ! de Frédéric Ernotte
L'injustice des hommes, de André Fortin
Le squelette de Rimbaud, de Jean-Michel Lecocq
Le don d'Hélène, de Gérard Pussey
La drolatique histoire de Gilbert Petit-Rivaud, de Frédéric Révérend
Travailler tue ! de Yvan Robin
L'appétit de la destruction, de Yvan Robin
Jackpot ! de Stéphane Boudy

ROMAN JUDICIAIRE MAIS PAS QUE …

72 Heures, de Philippe Bilger

ROMAN EUPHORISANT MAIS PAS QUE …

Les passagers perdus, de Stéphane Bellat
Dehors la vieille ! de Géraldine Dubois

ROMAN QUI FAIT FRÉMIR MAIS PAS SEULEMENT

Les Lucioles, de Jan Thirion (junior, de 10 à 110 ans)

À PARAÎTRE

ROMAN POLICIER MAIS PAS QUE…

Trier les morts, de Jean-Michel Lecocq, *octobre 2021*
Mansour, de Jean-François Pré, *novembre 2021*
Dur à cuire ! de Pascal Jahouel, *novembre 2021 (POCHE)*

LAJOUANIE POCHE

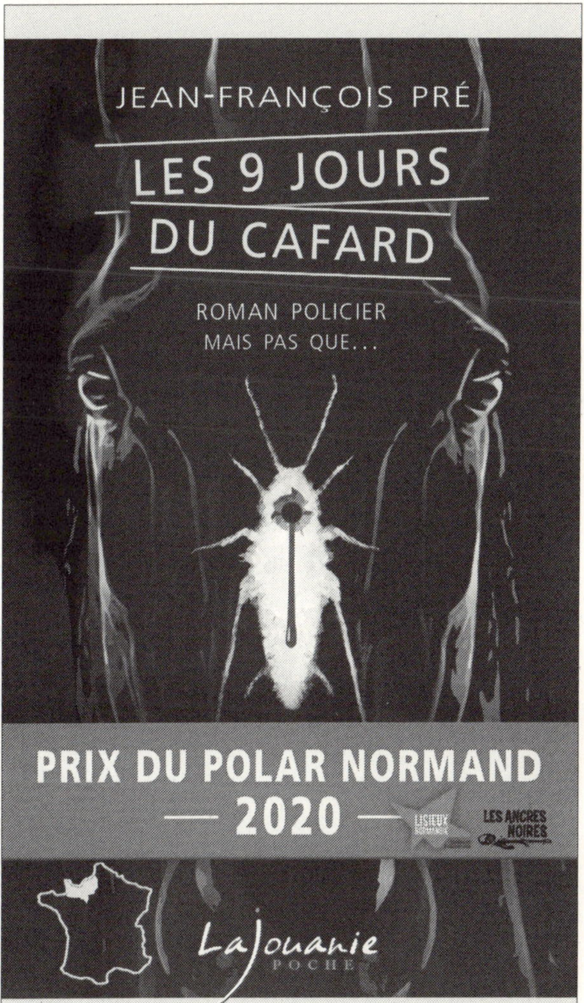
JEAN-FRANÇOIS PRÉ
LES 9 JOURS DU CAFARD
ROMAN POLICIER
MAIS PAS QUE...
PRIX DU POLAR NORMAND
— 2020 —
LES ANCRES NOIRES
LaJouanie
POCHE

PHILIPPE BILGER
72 HEURES
ROMAN JUDICIAIRE
MAIS PAS QUE...
"Un final théâtral vient clore ces 72h chronos."
LE FIGARO
"Une partition haletante dont Philippe Bilger est jusqu'au point d'orgue l'instrument."
PARIS MATCH
LaJouanie
POCHE

NOUVEAUTÉ

EMMANUEL VARLE
EN CAVALE
ROMAN POLICIER
MAIS PAS QUE...
LaJouanie
POCHE

Lajouanie
EDITIONS

Retrouvez-nous sur Facebook : Éditions Lajouanie
www.facebook.com/editionslajouanie
et sur www.editionslajouanie.com

La Clairière des LIVRES

Pour chaque titre d'un livre imprimé, un arbre est planté dans une forêt de 7 hectares en Centre Bretagne.

« Contribuons activement à l'avenir de notre planète, regardons pousser les livres de demain ».

Achevé d'imprimer en septembre 2021

www.editionslajouanie.com